KB008886

류 성 훈 산 문 집

The Things

사물들

— 사물에 관한 산문시

글·그림 류성훈

시인의
일요일

사물들 – 사물에 관한 산문시

1판 1쇄 펴냄 2021년 7월 12일
1판 3쇄 펴냄 2022년 1월 5일

지 은 이 류성훈
펴 낸 이 김경희
펴 낸 곳 시인의일요일

표지디자인 이호진
본문디자인 미래산책
경 영 지 원 양정열

출판등록 제2021-000085호
주   소 경기도 용인시 기흥구 연원로42번길 2
전   화 031-890-2004
팩   스 031-890-2005
전자우편 sundaypoet@naver.com
블 로 그 https://blog.naver.com/sundaypoet

ISBN 979-11-975090-0-1 (03810)

값 14,800원

사물들

— 사물에 관한 산문시

사물은 선물입니다. 우리는 담요와 따뜻한 물 없이 아이를 혼자 받을 수 없고 공구 없이 집을 지을 수 없으며 필기구 없이 사유를 정리할 수 없습니다. 세상에 처음 온 우리를 가장 오래 감싸고 있던 것은 사실 어머니의 손이 아니라 담요이며 이는 힘든 어머니의 손을 보조하기 위해, 그리고 새로운 이승을 위해 마련된 선물입니다. 우리는 그 담요를 어루만짐으로써 어머니의 의미뿐 아니라 삶 이전까지 추억하는 공감각적 여행이 가능해집니다.

우리가 가진 것들에 대해 잊힌 생각들, 나아가 수많은 대상의 새로운 의미를 찾아내는 일은 모두의 삶을 더욱 가치 있게 돌아보도록 합니다. 저는 저의 삶에서 조우하고 관계했던 사소하고 소중한 몇몇 사물들의 의미를 재해석하는 작업을 통해, 사람들 앞에 펼쳐진 세상이 더욱 소중한 존재로서 다가오도록 돕고 싶었습니다.

그런 생각으로 쓰게 된 개인적이고, 부끄럽고, 시시콜콜한 기억들이자 인칭 이상의 소중함을 가진 사물들의 사소하고 낯선 이야기들이 여기에 있습니다. 대상이 우리에게 가르쳐주는 것들을 받아만 적기에도 부족한 것이 이 세상이고, 그것들이 주는 의미의 소중함을 깨닫고, 개진하고, 함께 읽도록 힘쓰는 것. 그런 게 문학적 사유의 본질이라는 점에서, 또한 사물은 선물입니다. 그런 인식이 곧 우리 삶의 어떤 근원적인 긍정으로 연결될 수 있기를 저는 소망합니다.

시를 쓰는 마음으로 쓴 책인 만큼 저는 이 글들을 시라고 생각합니다. 그러나 분명한 건, 시로 읽히든 산문으로 읽히든 이 책은 '사물'에 대한 제 고백이자 찬가이며 관점이자 관점에 대한 자성입니다. 동시에 대상에 대한 저의 사물이건 타자이건 모든 대상에 대한 새로운 바라봄은 우리 생의 진정한 긍정임을 저는 믿습니다. 사랑하는 이에게 정성된 사물을 선물하듯, 저는 저의 작은 사물론을 선물하고자 합니다.

2021년 여름
류 성 훈

차
례

우
산

정형외과

비가 온다. 일흔이 넘으신 아버지가 허리 통증을 호소하시던 날, 무리하다 엉치뼈에 통증이 생긴 어머니가 누워 계시던 날, 발을 헛디딘 할머니가 병원에 가신 날. 언젠가 비가 오면 홀연히 나도 이유 모를 무릎 통증이 찾아오겠지, 그런 생각을 하면서 문득 내가 처음으로 나이를 먹었다고 느꼈을 때가 언제였는지 생각해 본다. 아무래도 그것은 우천과 관계하고 있는 것 같다. "엄마, 할머니는 왜 맨날 비만 오면 무릎이 아프대?" 하고 물었을 때 엄마는 "나이가 들면 비가 무릎에 내리나보다." 하고 대꾸해 주었고, 이제 할머니가 된 엄마는 본인의 말을 전혀 기억하지 못했다. 이마에 비가 올 때는 우비를 입고 비를 맞으러 나가 그 속에서 뛰어놀곤 했고, 눈에 비가 올 때는 애인과 카페에 앉아 비가 오는 것을 구경하곤 했고, 가슴에 내릴 때는 방구석에 눕거나 앉아 빗소리만 듣곤 했다. 엄마, 그 이후의 비는 내 무릎에도 내리게 되겠지? 나는 묻기 껄끄러운 의문을 주워섬기며 지금껏 허투루 나이를 먹고 있지만, 나도 비를 기다리던 때가 있었고 싫어하던 때가 있었고 오건 말건 상관없는 때가 있었다. 지금은 그 모든 때이기도, 아무 때도 아니기도 하지만, 비가 찾아올 때마다 우리에게 대개 부담스러운 것들을 몰고 온다는 사실을 알았을 때 평생 어릴 줄 알았던 내가 나이가 들었구나, 라는 것을 처음으로 느꼈던 것 같다. 일기예보를 점점 자주 보면서, 잘 맞지 않는 우리나라 기상대의 솜씨를 함부로 조롱하면서. 어른이 되었건 아니건, 나이가 들었건 아니건 누구나 날씨와 관련해서 나를 돌아보는 순간이 있을 것이고 나는 이제 그 돌아본 이후의 빗속을 걷고 있다. 비가 주는 부담스러움과, 비가 수거해 가는 시간들과, 비가 들려주는 걸음 소리 아래서 우리는 잃어버릴 모든 사물처럼 우산

을 받쳐 든다. 끙, 끙. 여기저기 들려오는 가벼운 신음과
함께 몸을 일으키면서, 병실 리넨을 털듯 각자의 녹슨
댓살을 털면서.

유실물 보관소

나는 예부터 지금까지 유난히 우산을 잘 잃어버리
고 있는데 비가 올 때마다 늘 세 번의 망각을 겪는다. 우
산을 챙겨 나오지 않았음을 깨닫고, 대중교통이나 약속
장소에 우산을 두고 나왔음을 깨닫고, 잃어버린 우산을
새로 구입하지 않고 그대로 집에 왔음을 깨닫는다. 그리
고 새 우산을 구입한 후에는 위와 같은 망각이 다시 반
복된다. 나는 좋은 우산을 갖고 싶었고 그래서 결국 그
런 우산을 가져도 보았지만 항상 잃어버리기에 그건 낭
비일 뿐이었다. 요즘은 편의점 등에서 파는 일회용 우산
도 옷감으로 되어 있는지 비닐로 되어 있는지 헷갈릴 수
준으로 깔끔하게 나오는 데다 매우 저렴해서 나는 요즘

우산

그런 것을 사용하고 있다. 한편으론 이런 합리적인 물건이 나오는 이유도 나 같은 사람이 매우 많이 있기 때문일 거라 생각한다.

　　세상엔 딱히 고귀하지 않거나 비싸지 않기에 더 가치 있는 사물도 많은 것 같다. 우산은 사람이 가장 잘 잃어버리는 사물 중 하나이기에 좋은 예가 될 것이다. 나는 우산이라는 물건은 비쌀 이유가 전혀 없다고 여기는 쪽이다. 오히려 너무 값진 것이라면 절대 잃어버리지 않으려고 모두가 노력할 수도 있겠지만 그 사물의 여러 가지 특성상 그래야 할 명분이 별로 없기 때문이기도 하다. 지하철 유실물 보관소에 가장 많이 들어오는 물건이 가방과 우산이라는데, 비 온 후에는 우산이 압도적으로 많이 들어오고 있다고 들었다. 그중에는 내가 잃어버린 우산도 몇 묶음은 되겠지. 사실 이유를 생각해 보면 그리 신기할 것도 없는 일이다. 일 년 내내 항상 들고 다니는 사물이 아니다보니 대개의 사람들은 우산을 들고 있는 상황보다 없는 상황에 더 익숙하기 때문이다. 영국처럼 언제든 비가 내려도 이상할 게 없는 지역에서 사는 사람들은 우산을 그리 쉽게 잃어버리지 않을 것이다. 원래 없었던 것인 듯, 이곳의 우리는 좌석에 우산을 두고 내리곤 한참이 지난 후 씁쓸한 웃음처럼 잠깐 떠올리기도 할 뿐. 그때 사람들은 '그다지 소중하지 않음'을 통해 상실과 상처로부터 보호받는다. 좀 더 솔직하게 말하자면 그저 '덜 소중한' 것으로 여기기로 한다. 그래야 내가 버틸 수 있으니까. 그것은 너무 요긴하고, 소중하고, 잃어버리기도, 잊어버리기도 쉬운 거니까. 우리에게 있는 듯 없는 듯 서로의 곁을 지켰던 수많은 '당신'들처럼. 대개의 우산은 받쳐 든 기억보다 잃어버린 기억이 더 많을 정도니까. 이 정도면 이 아픈 사물은 비를 피하기 위해 태어나 잃어버리기 위한 쪽으로 기울어가는 친구다. 추억을 잃어버리는 게 반복되면 잃어버림 또한 추억이 될 테지만 나는 어느 쪽이든 이 번거롭고 아름다운 유실물이 양가 모두에 걸쳐져 있음을 본다.

우산

호우주의보

　만나기로 약속한 날은 꼭 비가 왔고 약속하고 싶으면 비가 오는 그런 인연이 있었다. 당신이 그 옛날 밤의 교정에서 우산을 쓴 채 비 오는 하늘을 바라보고 있던 때와 내가 준 우산을 들고 내가 보이지 않는 쪽으로 고집스럽게 떠나던 때의 중간쯤, 나는 잃어버린 우산과, 되찾은 우산과, 똑같은 것으로 다시 구한 우산과, 되찾았다가 다시 잃어버린 우산을 모두 꺼내본다. 어느덧 우리는 우리의 유실물을 추억하면서, 우산을 잃기보다는 유실물 보관소를 잃어버리는 쪽으로 돌아서 있다. 기억도 시간도 사물도 더 이상 되찾지 않는 세상 속에서 나는 사랑하던 이에게 '자유'에 대해 들었다. 그건 '과거'와의 결별에서 온대. 나는 그의 우산 쪽으로 끄덕였지만 꼭 그렇진 않다고 생각했었다. 너에겐 자유가 그렇게 가벼운 것이었을까. 너는 네가 받쳐 들고 있던 우산을 잃어버렸고, 나는 그날의 유실물 보관소를 뒤지고 있었으니까. 너는 우산 같은 게 뭐가 중요하냐고 쉽게 말했지

만 그날 내게 우산보다 중요한 것은 없었으니까. 아무것
도 중요하지 않던 시절과 모든 것이 의미인 시절 속에
서 나는 아직도 모든 게 어색한 듯 비를 맞고 있다. 내겐
그것만이 자유일 수 있었어, 어깨에 메고 다니는 우산이
있었으면 좋겠어, 그런 말을 하면서 혼자 김밥집을 나설
때, 내 멀쩡한 일회용 우산이 고장 난 고급 우산으로 바
뀌어 있는 것을 보았고 불쾌하지도 행복하지도 않았다.
아무도, 아무것도 되돌아가지 않았고 비 내리는 일도 사
랑하는 일도 쉬 그치지 않았으니까. 돌이켜보면 모두 우
산 때문이었다. "강수확률이 몇 %지?"라고, "내일은 맑
겠지?"라고 응원조로 말하면서 나는 옛 인연에게 몇몇
비 오던 날만 돌려주고 싶었고 그때 우산 이외의 모든
건 전부 내 것 같았다. 지금도 나는 유실물 같은 새 비
닐우산을 좌판에서 볼 때마다 괜히 만지작거리곤 하는
데, 아무리 사도 살 수 없는 것이 있었다. 우산을 씌워주
면서, 비는 결별하는 게 아니라 극복하는 거라고 말하고
싶었지만 나의 말은 대답처럼 혹은 우산을 잃어버린 후
처럼 젖어 있었다. 자유롭기 위해선 자유를 잃어버려야

했으니, 그날의 일기도 우리의 결별도 빗속에선 모두 웃기는 일이었다.

　너는 어디에 있을까. 내가 태어나 지금까지 잃어버린 것들은 지금 모두 어디에 있을까. 어떻게 되었을까. 이미 사라진 지 오래일까. 그렇다면 어떻게 사라져갔을까. 나는 왜 그것들을 반복해서 잃어버렸을까. 날씨가 궂고 나서야 생각한다. 우산은 한때 내가 잃어버린 모든 사물이고 모든 기억은 결국 아직 친해지지 못한 우산들처럼 사라져가겠지. 호우주의보가 회상도 후회도 아닌 모습으로 내린다. 어쩌면 우리가 사랑하기 어려운 이유도 이곳에서 씻기고 있을까. 아니면 지금도 인칭의 형태로 비를 피하고 있을까. 잠금장치가 고장 나 둘둘 감기지 않는 우산을, 나는 활짝 펴 말리고는 또 잃어버릴 거라 스스로 예보했다.

기념품

성격이 구식이어서 그럴 수도 있겠지만 오래된 가재도구를 추려서 버리는 건 내겐 늘 어려운 일이다. 이사를 하고 창고를 정리하면서, 엄마에게 여쭤봤더라면 분명 처분을 반대하셨을 듯한 많은 물건을 버렸다. 거의 멀쩡하지만 지나치게 낡았거나 쓸 일이 없거나 줄 수도 없고 팔 수도 없는 물건들이었다. 죄 짓는 것 같기도 했지만 회생불가한 먼지투성이 과거에 현재가 끌려가는 것보단 약간의 잘못을 택하는 쪽이 낫다고 생각했다. 금이 간 커다란 대야, 시래기 말리는 소쿠리부터 누렇게 바랜 옷가지들까지 온갖 것들이 먼지를 뒤집어쓰고 있었지만 그런 물건들 중 가장 많은 것은 양산이었다. 양산이라니. 그런 단어의 의미나 존재도 잊어버릴 정도의 물건들이 예전에는 매우 많이 있었지. 물론 '양산'이라고 부르고는 모두 우산으로 사용하는 물건이었지만 그때는 그 촌스러운 체크무늬의 2단 우산 닮은 것들을 꿋꿋하게 양산이라 부르는 사람도 많았다. 그걸 굳이 양산으로 사용하는 사람을 본 적이 없던 나는 지금도 양산과 우산의 차이를 잘 모른다. 그리고 이를 돈을 주고 구입해 본 적도 없었다. 창고 구석에 여러 개 처박혀 있던 그 물건들만 해도 모두 결혼식 기념품이었는데 하얀 종이 상자와 플라스틱 손잡이에 'ㅇㅇㅇ, ㅇㅇㅇ 결혼식 기념' 등의 글씨까지 박혀 있는 경우가 많았다. 언제 누가 없앴는지, 언제 누구부터 잊어버렸는지는 알 수 없지만 옛날에는 주로 하객들을 위한 기념품으로 양산을 많이 주었던 것으로 기억한다. 이것들이 있어서 어렸을 적의 나는 내 우산을 가져본 적이 없었고 비가 오면 결혼이 늘 어른의 일인 줄만 알던 채 누군가의 결혼식 기념품으로 받은 어른용 양산을 쓰고 학교에 갔었다. 딱히 일부러 추억하는 건 아니지만, 나는 아직도 그 아이가 가끔 꿈에 보이기도 한다.

십수 년 만에 고향에 갔을 때, 우산이 없는 채로 비를 만났다. 유치원 때 엄마를 따라 미사 보러 갔다가 지겨워 바깥 공터로 도망 나와 놀면서 기다리던 성당이 부산탑 아래에 삼십여 년 전 모습 그대로 있었다. 다행히 버려진 우산 하나를 주워 썼는데 펼쳐보니 그것은 양산이었다. 아직도 이런 게 있었다니! 이것의 전 주인은 분실했을까, 유기했을까, 추억했을까, 얽매였을까. 그런 생각 속에서 한번 심하게 젖으면 비를 점점 막지 못하게 되는 그 녹슨 친구를 나는 서울까지 가지고 왔다. 사물이 사람을 머무르게 하는 게 아니니 기억에 얽매여 있었던 것은 그저 나였구나. 사물은 생생한 기억 그 자체이기에 의미 그 자체이기도 할까. 나는 결국 아무것도 버리지 못했구나 생각하면서 그 옛날 젊은 엄마가 성탄절 선물로 사준 책, 트리나 포올러스의 《꽃들에게 희망을》과 쉘 실버스타인의 《아낌없이 주는 나무》를 구입했던 그 성당 성물점을 기웃거렸다. 그 아름다운 책들은 모두 가톨릭출판사에서 초판이 나왔던 것들이었고 나는 아직도 그것들을 소중히 간직하고 있다. 사람과 사람은, 그리고 사물과 사람은 누가 버리고 버려지는 관계가 아니구나, 하고 나이 먹은 나는 생각했다. 미사를 보는 엄마를 기다리며 초등학생 누나와 숨바꼭질을 하

우산

던 성당 공터에 올라가 비를 맞으며, 미국 문화원 앞에서 전투경찰대가 매캐한 최루탄내 씻겨주는 빗속에 우직하게 앉아 라면을 먹던 모습을 떠올린다. 유년 한 구석의 유실물 보관소, 내 가족이 떠나고, 내가 떠나고, 외할머니가 떠난 그곳에서 나는 행복한 추억 한 자루를 주워 열차를 탔다. 아무도 우산이 없었고 모두 우산이 가르쳐준 풍경들이었다.

물려 쓰던 신발주머니, 폐품 수집으로 가져가던 신문지 한 봉지, 그리고 기념품 양산을 들고 고인 물웅덩이를 피해 등교하던 그 아이를, 실버스타인의 《아낌없이 주는 나무》를 보고 눈물을 흘리던 아이를 성당에서 만났을 때, 대개의 사물들은 과거에 대해 추억케 하기도 얽매이게 하기도 한다는 걸 느꼈고 나는 한때 얽매여 있는 쪽을 더 행복해했다. 추억케만 하는 사물은 무심하게 보관되고 얽매이게 하는 사물은 소중하게 버려지겠지. 우산은 전자와 후자 모두였고 도무지 쓸 수 없다는 점에서 전자에 가까웠으므로 나는 선물로 받은 유실물은 버

리지 않기로 한다. 잘 말려 금에 맞게 잘 접어 돌돌 말아
둔 양산을 지금껏 쓰고 있던 그 아이에게, 언젠가 그 아
이의 아이에게 새 우산을 사주기로 했을 뿐이라고 여기
기로 한다.

우산

자전거

완벽한 전진

My two favorite things in life are libraries and bicycles. They both move people forward without wasting anything.
The perfect day : Riding a bike to the library.

(내가 가장 좋아하는 두 가지는 도서관과 자전거다. 이것들은 어떠한 낭비 없이 사람을 전진시킨다. 가장 완벽한 하루는 자전거를 타고 도서관에 가는 것이다.)

– Peter Golkin

　한창 논문을 쓰기 위해 국회도서관을 들락거리던 때 나는 주로 자전거를 타고 다녔다. 당시 나는 전공이 문학이라 말할 순 있었지만 문학은 쉬이 내 길이 되어주지 않았다. 시론과 작품론 같은 것 중심으로 문학을 이해했고 정서적 글쓰기로부터 모든 기반과 태도가 훈련

되어 있던 시절, 비평적 혹은 학술적 글쓰기와 나의 글쓰기 태도 사이에서 끝없는 괴리에 몸서리치던 그때 나는 운동으로 그 고통스러운 공백을 메우려 했었다. 내게 도서관은 대중교통으로 가기에는 접근성이 떨어졌고 여러 번 갈아타고 걸어야 하는 곳이었다. 기동이 힘든 것은 괜찮았지만 도착해서 피로하면 모두 소용없는 일인 데다 운전으로 가기에는 유류비와 주차비가 부담스러웠다. 도서관에 가기 위해 자전거를 구한 건 당연히 아니었지만 내 자전거는 도서관에 갈 때에 가장 빛났던 것 같다. 요즘은 '페달 밟기' 그 자체를 위해 자전거를 사는 사람이 많지만 나는 자전거의 편의성을 이용하기 위해 페달을 밟기 시작했으니 어찌 보면 시작은 다소 구식 정서로 접근했다 볼 수도 있겠다.

그래서 그런지 사실 나의 성향은 요즘 국내에서 끊임없이 인기를 끌고 있는 레저인 로드자전거나 산악자전거(MTB) 라이딩 문화에는 잘 맞지 않았다. 물론 나도 타다보니 자전거가 점점 좋아져서 동호회에도 들고 다른 사람들과 어울리며 이 문화를 향유해 보기도 했었다. 하지만 얼마 못 가 그런 건 그만두었다. 그들처럼 자전거 그 자체가 목적이 되게 타보기도 하고 가볍고 빠른 로드자전거와 함께 그 문화를 접해보기도 했지만 그저 어딘가에 가기 위해 자전거를 이용하는 것이 좋았을 뿐이던 나는 자전거 타는 일 자체를 위해 일부러 사람을 모으고 목적을 만드는 행위들을 잘 이해하지 못했다. 결국 그 납득할 만한 명분이 있다는 건 이해했지만 나는 지금도 그런 식으로 자전거를 타지는 않는다. 세상엔 물론 비생산적, 자기 만족적이면서도 가치 있는 일들이 있다는 걸 알지만 좀 더 생산적이면서 가치 있는 일들 또한 많고 개인적으론 그쪽이 더 바람직하다고 생각하기 때문이다.

일일이 말하지 않아도 자전거 타는 일이 얼마나 좋은 운동인지는 이미 세상에 지겹도록 잘 알려져 있다. 근력보다는 중력과 관성을 이용하게끔 하고, 그로 인해 다리운동은 잘 되면서 조깅보다도 무릎관절에 무리가 훨씬 덜 가도록 한다. 그리고 사람으로 하여금 자연스레 코어운동으로 유도하며 그로 인해 가장 힘들다는 복부지방 빼기에 큰 효과가 있다는 것만 알아도 이 운동의 유익성은 더 설명할 필요가 없을 정도다. 나의 자전거 타기는 다음과 같았다. 쓰러지지 않으려면 페달을 계속 밟아야 하는 자전거처럼, 해도 해도 논지가 서지 않는 연구를 완성하기 위해선 생각의 끈을 놓을 수 없었다. 그런 단순한 생활의 이치들과 '페달링'이라는 행위는 예로부터 너무도 직관적으로 맞아떨어지게 마련이었고 내게도 그 점이 여건상 크게 다가왔다. 그래서 그동안 내게 자전거 타는 행위는 공부를 하는 행위와 운동을 하는 행위, 즉 정신과 육체의 쓰임 사이의 구분을 모호하게 흩뜨리는 어떤 매개체였다. 그리고 학문을 하거나 사무를 많이 하는 사람의 부류는 운동을 해서 자기 몸을 다잡을 수 있는 기회가 거의 없다. 육체의 피로는 육체의 보강으로 거의 극복이 가능하지만, 정신적 피로는 잘 극복되지 않고 극복할 수 있는 방법도 별로 없다. 그런데 육체적 극복은 정신의 치유에 생각보다 많이 관련한다. 그런 면에서 나는 인간의 두 가지 소유 모두를 전진시킬 수 있다는 점에서 행복한 욕심을 부렸고, 골킨의 발언을 접하곤 그런 생각을 하는 이가 얼마든지 있다는 사실에 안부인사처럼 반가워했었다.

인간은 걸을 때 진짜로 '전진'하지 않는다. 인간의 반쯤 떠 있는 두 발의 불안한 움직임이 모여 그에게 대강의 방향성을 주게 되고 우리는 그저 우리의 전진성을 믿을 뿐, 이것이 인간의 걸음이다. 그러나 자전거는 발바닥이 바닥에서 떨어지지 않는다. 즉 자력을 발이 아닌 바퀴에 전달하는 순간 사람은 나의 온몸을 방향의 개념으로 '밀고' 가는 본질적 전진을 경험하게 된다. 앞서 그의 말에 나의 감상적 경험을 덧붙여보자면 공부는 전진이 '가능'케 하고 자전거는 전진을 '실감'케 하는 사물이다.

자전거

구입 가능한 행복

You can't buy happiness, but you can buy a bicycle and that's a pretty close.

(행복은 돈으로 살 수 없지만 자전거는 돈으로 살 수 있다. 그리고 그것은 행복을 사는 것과 마찬가지다.)

– Anon

'기술'이나 '과학'과 같은 단어만큼이나 건조하고 금속성으로 들리는 단어도 드물 것이다. 그것은 일단 듣기에도 '낭만'이나 '정서' 같은 단어들과는 어떠한 연관성도 없어 보인다. 관념의 탓일 뿐, 물론 실제로는 전혀 그렇지도 않지만, 그럼에도 그러한 선입견은 오랜 세월 굳어져 있는 것 같다. 나는 버틀런드 러셀의 입장을 빌려, 인문 혹은 철학의 정서란 새로운 물음을 생산하고, 그것이 해결 및 증명을 거치면 과학의 영역으로 넘어가는 것으로 이해한다. 그래서 그 둘은 양가적 관계가 아니라 차라리 인과관계에 가깝다. 이렇게 이룩된 사유들 속에서, 우리에겐 구조가 지극히 단순하고도 역학원리의 중요한 '기술'인 동시에 인간에게 수많은 '정서'적 측면을 제공하는 미묘한 위치의 사물이 있다. 이는 결국 정서를 뒷받침으로 이룩된 과학이 있고 과학기술을 통해 구축되는 어떤 정서가 있다는 의미가 될 터인데, 그 경계에 선 채로 우리의 곁에 널리 있는 미묘한 사물이 있다. 내 생각에 그 대표적인 것은 카메라와 자전거다. 물론 전자는 '정서' 그 자체에 훨씬 가깝고 후자는 '기술' 쪽에 더 가까울 순 있겠지만 인간이 가진 거대한 두 특성의 중간 좌표쯤 있다는 점은 비슷하다.

　　자전거와 인간이 '역학적'으로 만나는 접점은 크랭크이고, 크랭크는 인간의 의지와 동력학이 맞물리는 '인문적'인 시작점이다. 그래서 '페달'은 자전거라는 사물을 통해 아주 오래전부터 많은 수사(修辭)가 되어왔다. 그 중 유명한 격언 중 하나로 "인생은 자전거와 같다. 균형을 잡으려면, 계속 움직여야만 한다(Life is like riding a bicycle. To keep your balance you must keep moving.)"라고 한 아인슈타인의 말을 들 수 있는데, 이는 곧 시간과 인간의 불가역적 전진성을 자전거가 노골적으로 보여주고 있는 것으로 보인다.
.

　크랭크 위에서, 그리고 옆에서 나는 몇 번이나 만나
고 헤어진 연인과 함께했다. 그녀는 매사 어린아이 같았
고 그래서 대체로 미묘하고 대체로 복잡했다. 모든 연애
는 입을 떼는 걸로 시작되고 말 한마디에 헤어질 수도
있으니 그것은 곧 말과 같은 선상에 있는 어떤 전진 의
지였다. 말로 상처를 주고 말로 상처받던 나는 지금, 연
애에 대해서는 여전히 모르겠지만 말에 대해선 이렇게
이해하고 있다. 복잡한 것을 쉽고 단순하게 담을 수 있
는 것이 말의 무게이고 단순한 이치나 의미를 복잡하고
미묘하게 펼치는 것을 기교라고 한다면, 나는 후자가 전
자보다 경박한 것이라 생각했다. 하지만 이제는 말이 상
대를 어렵게 대하고자 하는 예(禮)에 가까워진다면 후
자가 전자보다 더 아름다울 수도 있다고 생각한다. 삶에
는 무엇을 말할지보다 어떻게 말할지에 더 무게가 실릴
때가 있고 그래야 나와 당신의 관계에서 그 다음이 있기
때문이다. 마치 내가 당신을 사랑하는지 아닌지가 아니

라 얼마만큼 사랑하는지에 대해 말하려는 것처럼, 그때 자전거는 행복을 목적으로 한다기보다는 행복의 지향에 가까운 사물이었다.

사색과 여행을 할 수 없던 당시의 나는 사색과 여행을 좋아하던 예의 그에게 무겁지만 예쁜 자전거를 선물했다. 거기에 전조등을 장착하고 바람을 넣으면서 그땐 그것이 행복이라 여겼다. 당시 나는 위와 같이 자전거를 사는 일이 행복을 사는 수준의 일이라는 식의 어떤 달콤한 말을 알진 못했다. 하지만 최소한 행복의 기계적 형태가 있다면 자전거의 형태를 닮았으리라는 생각은 해보았다. 실제로도 그랬고 그가 늘 나로 인해 행복할 수 없었지만 내가 남긴 사물로는 좀 더 행복할 수 있다고 느꼈으니까. "사랑이란 내가 가지고 있지 않은 것을 그것을 원하지 않는 이에게 주려고 하는 것이다."라는 라캉의 명제를 나는 그때 어리석을 만큼 충실히 따라가고 있었을 것이다. 복잡한 감정은 복잡하게도 단순하게도 대응할 수 없는 것이니 나는 단순하게 내가 좋다고 느낀 것을 건네주는 단순함으로 만나려 했다. 그게 그때의

자전거

최선이었으니까. 나는 내가 차라리 사물에 가깝고자 했을 때가 있었고, 대체로 행복하고 대체로 어려웠다. 내겐 불행하고 쉬운 것보다 그쪽을 추구하는 것이 나았을 것이고 그게 최선이었으니까. 고양이가 주인에게 애정 표현으로 토막 난 쥐를 물어오지만, 쥐가 고양이와 주인 모두의 전진을 말해준다고 생각하면 주인도 고양이도 행복할 것이었다.

크랭크 위에서건 크랭크 옆에서건 함께 앞으로 가고 있음을 느낄 수 있다면, 자전거는 행복이거나 그에 가까운 무엇일 수 있어야 옳았다. 잠시나마 함께 페달을 밟았던 때, 그때는 내가 구입했던 것이 바퀴 둘 달린 단순한 기계일 수도, 상대와 나 사이의 균형추였을 수도 있지만 그게 무엇이었든 토막 난 쥐보다 행복한 것임은 분명했다.

도서관 가는 도서관

Get a bicycle. You won't regret it, if you live.
(자전거를 한 대 사라. 살아 있다면 후회하지 않을 것이다.)
– Mark Twain

자전거 하나로 어떤 길이든 갈 수는 없지만 모든 길은 자전거로 갈 수 있다. 속도를 버리면 더 많은 길과 자연지형을 만날 수 있고 여러 지형을 포기하면 효율과 속도를 얻을 수 있다. 물론 이 이상을 추구하는 것은 물리적으로 불가능하다. 산악자전거와 로드자전거 설계의 예가 그렇다. 어느 쪽이든 자전거는 인간의 보행보다 평균 10배가량의 에너지 효율을 이끌어내는 것으로 알려져 있다. 또한 심미적·인문적 위치까지 걸쳐져 있으니 어떤 의미에서 자전거는 인류 최고의 발명품일 수도 있겠다. 개인적으론 속도 쪽을 포기하는 것이 낫다고 생각하지만 나는 둘 다 조금씩 버렸을 때 가장 많이 얻을 수 있다고 생각한다. 선수가 아닌 보통 사람이 굳이 짜릿함과 재미를 위해서 다운힐 경기처럼 산꼭대기에서 80km

자전거

이상의 속도에 목숨을 걸고 아래로 내리꽂을 필요도 없고, TDF 경기에서처럼 인생을 올인하듯 골격근이 터지도록 앞만 보고 소수점을 다투며 질주할 이유는 없기 때문이다. 그것을 위해서 희생해야 할 일이 보통 사람들에겐 너무 많고 그럴 필요도 없다. 스포츠는 인생과 닮은 점이 많지만 인생이 스포츠와 닮았다고 생각하면 위험한 것이다. 자전거 타기 자체가 목적이 되었을 때의 시공간 개념 속에서, 속도는 일종의 허영에 불과하기 때문이다. 그리고 무릎관절은 고관절과 함께 인체의 가장 중요한 부위이므로 절대 무리하지 말 일이다. 우매함인지 성향인지는 모르겠지만, 나는 위와 같은 생각을 안장 위에서 처음으로 해보았다.

나는 공부의 개념에 대해 이렇게 생각한다. 그것은 많은 의문에 대한 해답을 구하는 과정이라기보다 새로운 형태나 양상으로서의 의문을 끊임없이 가질 수 있게 하는 힘을 기르는 것이다. 그게 가능하기 위해선 많은 것에 대한 현재의 답을 알아야 하겠지만 생각하는 시간과 기회는 많이 가질수록 좋을 것이다. 사유의 힘은 육체의 건강함과 인문적 사유가 함께 갈 때 키워진다는 점에서 도서관에 가는 자전거는 그 자체로 낯선 사서(司書)일 수 있다. 이는 나의 소소한 욕심. 불가역적 시간 속에서 너에게, 혹은 나에게 오롯이 전진하고 있는 나를 실감할 때, 두 바퀴 형태를 한 어떤 행복이 노면을 구를 때, 생각과 사랑에 바람을 넣고 전진뿐인 우리의 시간에 기름을 치면서 나를 맞바람 앞으로 밀어넣을 그때 비로소 나에게 온다. 나는 오래된 하상도로의 가을 속에서 그 언젠가의 당신을 만나고, 뒷바퀴가 앞바퀴의 궤적을 따르듯 우리 위태로운 영혼의 불가역을 이해하고, 또한 나의 새로운 행복을 체감하기 위해 다시금 페달을 밟는 것이다. 도서관으로 가는 도서관. 가지 않아도 도서관. 아직 잘은 모르겠지만 나는 자전거와 행복을 이렇게 생각한다.

자전거

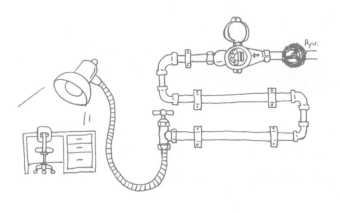

등
(lamp)

낮의 편린들

나는 어둑어둑해질 무렵 도시전력이 들어오는 순간을 직접 보는 걸 좋아한다. 언제부터 그것을 처음 보았는지는 기억나지 않고, 물론 그 원리와 구조도 알 까닭이 없다. 하지만 가로등이 점등될 때는 순간적이지 않고 서서히 들어온다는 것과 여러 구역이 일제히 같은 시간에 들어오지 않는다는 것 정도는 알고 있다. 그래서 어느 날 내가 걷고 있는 길에 가로등이 켜지는 것을 발견하면 뭔가에 당첨된 것처럼 즐겁기도 하다.

누가 뭐래도 등불을 밝히는 건 인간과 문명의 상징 그 자체에 가까운 것, 불을 밝힌다는 것은 밤에 대한 우리의 오랜 극복이며 낮의 일부를 남겨두고 또한 방 안으로 가지고 들어가는 것, 또한 그것을 꺼뜨리지 않고 대대손손 밝혀온 우리의 어떤 '바라봄'이다. 빛이 있어야 볼 수 있고 만질 수 있고 행할 수 있으니까. 우리가 행복해지려고 일을 멈추지 않듯이, 내 영혼을 누군가에게 인상 깊게 읽히고 싶어 글을 쓰듯이, 그럴 수 없는 것을 최대한 그렇게 되도록 노력하는 것이 삶이 가진 불가역적 특징이라고 해본다면, 등불은 참 인간적인 낮일 것이다.

시인 조지훈의 수필 〈돌의 미학〉을 접한 것은 학창 시절 국어 교과서에서였다. 그 글은 돌을 바라볼 때 느껴지는 풍취에 대해 동서양의 미술 관점, 다도를 바탕으로 한 선(禪) 의식, 석굴암 감상 등으로 그 영원성의 미학에 대한 개인의 미적 견해였다. 나는 시를 공부하면서 그의 작품세계를 존경했고 열심히 보아왔지만 그 글만큼은 예나 지금이나 동의할 수 없는 부분이 있다. 그는 20대에 다실에서 본 정원석을 통해 처음으로 돌의 미를 맛보았으며 묘심사의 종장에게 다도를 통해 화경청

적을 배웠다고 말한다. 그러면서 "찻주전자를 높이 들고 소리 높여 물을 따르는 것은 바로 산골의 폭포 소리를 가져오는 것"이라는 다도의 견해를 "일본 예술의 인공성–자연을 비틀어 먹는 천박한 상징의 바탕"이라며 비웃는다.

　나는 사람이 뭔가를 가소로워할 수도 있고 비웃을 자유도 있다는 데는 동의하지만 그 기저에는 타당한 근거가 있어야 하며 그런 게 '말이 가진 자유'라고 생각한다. 예술작품이 영원의 관점에서 본 대상이라는 비트겐슈타인의 견해에만 비추어보더라도 돌이 영원의 미를 가졌다는 그의 견해도 진실이 아님은 쉽게 보인다. 또한 '영원성'을 말하자면 빛이나 물이 더욱 그럴 것이고 돌도 물도 빛도 모두 소리를 가졌으니 돌을 정원에 가져다 놓는 것과 햇빛과 물소리를 찻자리에 가져다놓는 것이 미적으로 다를 이유가 없다. 우리가 대상을 통해 아름다움을 느낄 수 있기에 인간이라고 하고 그 아름다움을 정리하려는 바를 그의 문맥대로 미학이라고 한다면, 물을 따르며 폭포 소리를 가져온다는 것이 어째서 미학이 아니라 천박한 상징이 되는지 나는 잘 모르겠다.

　모든 개념은 인위이니 모든 사물에 대한 지각 또한 인위일 수밖에 없다. 수도꼭지를 틀면 쏟아지는 빛처럼, 오늘의 찻자리에도 잠자리에도 글자리에도 나는 낮의 편린들을 한 덩이씩 받아다 머리맡에 놓는다. 나는 돌처럼 견고한 이 빛의 인위를 사랑하면서도, 인간으로 태어나 한번도 인위와 비인위의 명확한 경계를 구분지을 수 있었던 적이 없다. 이는 내 우매함의 고백이기도 하거니와, 내 생각에 아름다움은 그 경계의 모호함 덕에 생기는 것이므로 이는 실로 마땅한 것이다. 그게 세상을 향한 내 미학이라면 미학일 수 있겠지. 낮도 밤도 결국은 인간의 개념일 테니 오늘도 내 게으른 책상에 낮을 가지고 들어왔고, 그게 보기에도 쓰기에도 좋았더라. 인위의 등불 아래, "모든 돌은 천국에 갑니다"라는 졸시 구절을 떠올려보았다. 나는 죽어서도 돌을 볼 수 있었으면 좋겠다는 생각이 들었는데 그러려면 저승에서도 등불이 필요하겠지. 얕은 나는 이 인위에 대해 딱히 미학을 정의하진 못하지만 빛은 어디서든 어떤 형태로든 영원하고 딱딱하고 아름다울 수 있다는 생각은 했다. 그런 게 내 등불의 미학이라면 미학일 것이다.

등화관제

각종 레이더나 위성 연동 장비들이 크게 발전한 관계로, 지금은 의미가 별로 없게 되어 더 이상 실시하지 않게 된 훈련이 있다. 전후 세월이 지나면서 시민들의 경제활동에 지장을 초래한다는 이유로 1990년 11월 이후부터 중단되었지만 등화관제는 1980년대를 살았던 사람들까지는 꽤 인상 깊은 시대적 기억으로 자리잡고 있다.

민관군이 북한의 야간 공습에 대비하기 위해 통합 훈련을 하는 것이 극히 자연스러웠던 시절, 당시 부산에 살았던 어린 내가 처음으로 겪었던 등화관제훈련의 기억을 나는 똑똑히 기억한다. 대부분의 생을 혼자 사시던 외할머니가 가끔 우리를 만나러 오셔서 며칠씩 머물다

등(lamp)

가시곤 했는데 그때는 마침 외할머니도 함께 계셨다. 우리 집은 저녁으로 토란국을 끓이고 있었고 그날은 내가 토란을 처음 먹어본 날이기도 했다. 시간이 되자, 온 아파트 단지가 암흑 속으로 들어갔다. "야 이백십호, 천삼호, 불 꺼라!" 같은 소리를 지르는, 자경단 역할을 하는 아이들의 목소리가 어둠 속에 끊임없이 울려 퍼지며 종종 알아듣기 힘든 관공서 안내방송 소리와 뒤엉켜 기묘한 진풍경을 연출했다. 그 와중에도 꼭 끝까지 불을 끄지 않는 집도 있었는데, 그런 집 때문인지 여기저기서 터지는 고함은 그칠 줄을 몰랐고, 그런 장난스러우면서도 삼엄한 분위기 속에 울리는 사이렌 소리가 마치 진짜 폭격을 할 것 같은 음산한 느낌을 몰고 왔다.

"엄마, 북한군이 쳐들어오면 우리 다 죽어?" 몇 번이나 겁먹어 묻는 내게 엄마는 그저 웃으며 내게 토란국을 그릇에 담아 주었고 함경도에서 피란 오신 외할머니는 우리가 이긴다고 했다. 나는 '폭격을 받으면 우린 다 죽는데 이기는 게 무슨 소용일까?' 궁금했지만 되묻지 못했다. 무심코 토란의 생껍질에 혀를 대보았다가 너무 떫어 혀가 마비된 채 자경단 장난도 쳐보지 못하던 나는 그 시끄럽고 묘한 어둠 속을 신기하게 바라보고 있었다. 새로운 어둠에 빠진 날, 추워도 창문을 차마 닫을 수 없었고, 우리가 알던 밤, 우리가 알던 세상이 전혀 당연한 게 아니라는 것을 알게 해준, 내 유년의 반공교육은 지금도 기억 저편의 어두운 화분처럼 걸려 있다.

우리 가족이 살았던 그 아파트는 지금도 그곳에 있겠지만, 이제 그 기묘한 어둠을 기억하는 이는 별로 남지 않았겠지. "죽은 꽃과 죽은 바람을 차마 볼 수 없어 등(燈)을 켜지 않았다"던 조연호 시인의 문장을 떠올리며, 지금의 나는 불을 켜는 것과 불을 끄는 것 중 어느 쪽이 더 무서운지를 자문해 보았고, 나는 둘 다 무섭다고 자답하고 싶었다.

그림자 없는 곳

태어나 처음 수술대 위에 누웠던 때를 기억한다. 너무 어려서였을까, 거기까지 어떻게 실려 갔는지도 어떻게 아팠던지도 생각나지 않지만, 몹시 춥고 아주 환한 곳이었던 것은 기억난다. 그때 나는 '춥다'와 '환하다'는 참 어울리지 않는다고 생각했는데 그런 느낌은 지금도 별 변함이 없다. 남극, 북극에선 그것들이 잘 어울리지 않을까. 직접 가본다면 달라질까. 나무도 응달도 없어서 몹시 밝기만 하고 지상에 쌓인 눈이 그 빛을 반사하기도 해서 피부에 화상까지 입는다는 곳. 하지만 거기는 춥고 아무도 없으니 아무리 상상해도 추운 곳이긴 하지만 결코 밝은 곳은 아닐 거라는 생각이 들었다. 버스 승강구에 처박혔던 그 아이는 마취가 풀릴 때까지 얼음 벌판에 있었다. 딱히 돌아올 수 없는 여행은 아니었지만 그 이후로 나는 필사적으로 살아 있으려는 버릇과, 배울수록 의미가 사라져가는 세상이 가진 '별수 없음' 사이에서 생기는 괴리만 점점 키워갔다.

남았는지 나갔는지 모를 정신줄 속에서 내가 처음으로 보았던, 그 전구 많이 달린 거대한 장치를 무영등(無影燈)이라 부른다는 것을 알게 된 것은 이십여 년이 지난 후였다. 살리기 위해서, 뭔가를 복구하거나 구해내기 위해서는 대상을 똑바로 바라봐야 할 것이다. 그러나 똑바로 바라본다는 것은 실상 왜곡 없이 바라본다는 뜻과는 거리가 멀다. 우리가 대상을 가장 대상답게 바라볼 수 있는 것은 그것이 가진 질감과 색뿐만 아니라 그것의 어두워 보이지 않는 부분과 가려져 보이지 않는 부분을 함께 보고 있기 때문이다. 보이지 않는 곳은 보이는 곳과 늘 함께 있으니 그 뒤엉킨 상태를 우리가 왜곡이라 부르진 않는다. 진실은 원래 늘 엉망진창이지. 많은 이들이 이 진실되기 짝이 없는 아픈 비약을 쏟아내지만 나는 되도록 그런 식의 접근을 피하곤 한다. 사실 내겐 세상에 원래 같은 건 없다는 생각이 늘 깔려 있으니까. 또한 엉망으로 뒤엉킨 것이 원래와 같은 진실이라면 세상에는 애초 혼돈이라는 개념도 없어야 옳은 것이니까. 그러므로 '원래'라는 식의 말들은 아무런 해결책도 없고 아무런 건강한 물음도 던지지 못하는 것이니까.

무영등 아래서, 한때 나는 그림자 없는 추운 곳에서 내 일부를 잘라내는 방식으로 나를 복구했었고 나는 그때부터 사람의 모든 기억들처럼 이미 왜곡되었는지 모른다. 우리는 그림자 없는 곳에서 대체로 태어나고, 몇 번쯤 건강하게 왜곡되고, 대개의 방식으로 지퍼 속으로 잠겨갈 것이니 나는 지금도 등불 아래 앉아 내가 뭘 보고 있는지 어떻게 보고 있는지도 알 수 없는 채 가고 있는 이 대상의 향연이 못내 흥미롭다.

아우렐리우스 황제의 《명상록》에는 내가 한때 몹시 좋아하던 구절이 있다. "언젠가 죽음이 미소지어 오면, 미소로 답하라." 가령 미소는 과연 좋은 것일까. 미소는 생사 앞에서 어떤 그림자를 생성할까 혹은 없애줄까를 생각해 봤지만 내 기준에서는 모두 같은 뜻에 가까웠다. 가장 좋은 것은, 그때 내 앞에 무영등이 있다면 그것이 내게 미소짓는 것을 볼 때일 것이다. 나는 내가 치워지는 날, 나를 마지막으로 똑바로 왜곡해 줄 그 빛줄기 앞에서 미소를 지을지 아쉬움만 가득해할지 알 수 없지만 아쉬울 게 많아서 미소짓는 쪽이 가장 좋을 것, 또한 그게 가장 어려울 것이라고 생각했다. 그림자 없는 곳에서, 혹은 그림자 아래서 나는 나를 건강하고 바르게 비틀어놓는 것들에 대해 늘 감사하고, 그것들이 신비롭고 재미있는 왜곡들로 채워져 있음을 끊임없이 이야기할 것이다.

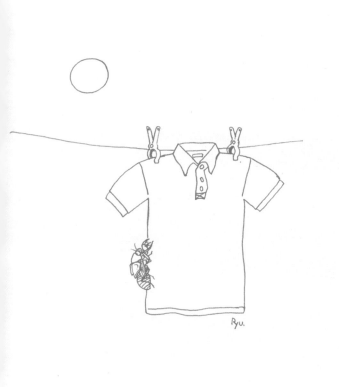

옷

텅 빈 매미

초등학생 때의 나는 여름방학만 되면 동네 뒷산을 미지의 세계처럼 탐험하곤 했다. 당시에는 곤충채집을 다니는 것이 가장 행복하고 신비로운 일이었기 때문이다. 내가 살던 아파트는 야산 자락을 깎아 지은 곳이었는데 뒤편으로 올라가면 길도 없이 펼쳐진 잡목림이 직결되어 있어 그 지역 주변에 비해 자연환경이 아주 좋은 편이었다. 그래서 의외로 도시에서는 절대 볼 수 없을 것 같은 크고 기묘한 벌레들을 많이 보았고, 그때의 경험은 지금까지도 세상과 대상을 바라보는 내 시각에 지대한 영향을 끼치고 있다.

곤충이 특히 번성하는 여름철, 내가 당시에 가장 많

이 만난 곤충은 매미였다. 사실 사슴벌레나 장수풍뎅이를 가장 좋아했던 나는 개체수도 많지 않은 데다 야행성인 그들을 거의 볼 수 없었지만 매미는 덩치가 큰 편인데다 시원하고 큰 소리로 울기 때문에 쉽게 마주칠 수 있었다. 독이 있지도 않고 물지도 않는 데다 멋진 소리로 우는 그 신비로운 곤충을 잡고 놔주고를 반복하며 유년의 나는 많은 궁리를 했었다. 매미의 가장 특이한 점은 허물을 벗는 형태로 우화를 한다는 것인데 모든 매미는 평생에 한 번 있는 이 과정을 통해 날개를 갖고, 날개 이전 생의 흔적을 온전한 모습으로 남겨두고 간다. 흙속에서 오랜 세월을 살다 나무의 낮은 곳에서 과거의 삶을 벗고 잠시 더 높은 곳으로 가는 생. 그래서인지 사실 사람의 눈에는 매미보다 매미의 허물이 더 많이 눈에 띄기도 한다. 사람의 삶 속에서도 미래보단 행적이 더 쉽게 보이는 것처럼, 우리는 누렇게 바랜 과거들을 허물이라 부르며 생생하게 잊어간다.

연희문학창작촌에 입주 신청을 해 몇 개월 들어가

있었던 오래전 여름, 나는 그곳에서 습작 몇 개와 논문을 쓰고 있었고 뭔가를 쓰는 일과 밥을 하는 일 이외엔 아무런 할 것이 없었다. 낮에는 매미 울음소리를 듣는 즐거움으로, 밤에는 매미 허물을 모으러 다니는 즐거움으로 지냈고 같이 있었던 다른 작가분은 그런 내 행동을 이해하지 못했다. 매미의 허물은 살아 있는 벌레와 똑같이 생겨 조금은 징그러운 데다 어떤 쓸모가 있는 것도 아니었기 때문이다. 하지만 나는 몇 주 동안 밤 산책을 하며 그것들을 조금씩 모았고 유리병에 가득 채워 책상에 올려놓았었다. 바깥으로부터 소나기처럼 쏟아지는 매미 울음들을 들으며 수십 개의 허물들을 바라보자면 저 소리들이 모두 이 안에 들어 있었다는 생각, 여름이 벗어두고 간 누런 수의들이 밤의 책상에 무더운 울음을 풀어놓고 있었다. 그것은 인간의 밖에서 살아온 근원적 추억이었고 산 것도 죽은 것도 아니라는 점에서 그것들은 시간의 일부 형태로서 거기 있었다. 매미를 잡아놓으면 결국 죽음을 보지만 허물은 둘 중 어느 쪽에도 속하지 않는 이상한 위치에 있었으니 그것은 생명, 비생명의 이분법에 대한 오류처럼 보였다. 나는 그래서 당시 모은 허물들을 보며 지금도 그때의 매미들을, 매미들의 시간을 추억하곤 한다. 생명의 부산물임에도 삶의 상징도 죽음의 상징도 아닌 이 키틴질의 껍질 조각은 어느 쪽 세계에 더 가까이 있을까.

매미 허물을 일어로 말하면 꽤 재미있는 부분이 있다. 우츠세미(空蟬)는 직역하면 '텅 빈 매미'가 되고, 이 단어는 그 번역의 의미뿐 아니라 '이승에 살아 있는 보통의 모든 사람'을 뜻하는 말로 사용된다. 우리는 모두 우리의 온전한 모습 자체로 빈껍데기라는 의미가 될 텐데, 당연한 얘기지만 이는 이승과 저승을 나누는 불교적 세계관에서 나온 성찰의 결과이며 모든 욕심과 번뇌 같은 건 헛된 것이라 보는 사상적 바탕이 있었음을 쉽게 알 수 있다. 그러나 그것이 일종의 종교적 관점이라는 정도에 그치지 않고 관용적인 은어로 널리 사용되어 왔다는 것은 기묘한 일이다. 나는 우리가 살고 있는 세상을 이승 따위의 이름으로 부를 순 있다 해도 저승 같은 것이 실재하는지는 잘 모르겠다. 그러나 작금의 우리가 모두 빈껍데기에 가깝다는 견해엔 거의 동의하는 편이다. 올바른 인식과 그를 위한 지속적인 노력이 없는 자연은 그저 혼돈 자체에 가깝기 때문이다. 생각이 우리의 의미를 낳고, 그런 의미가 작용해서 이승이라 불리는 세계관이 '인식'되는 기라면 저승은 그 의미와 인식이 있기 이전으로 돌아가거나 혹은 그것이 사라진 상태, 단지 그뿐일 것이다. 어찌 되었건 어떤 형태건 다행인 것은 이승보다는 저승이라는 개념이 완전한 자유에 훨씬 더 가깝다는 것. 한 번 우화한 매미가 다시는 나무 밑 어둠 속으로 돌아오지 않는 것처럼, 우리는 더 큰 자유 쪽으로 우리를 보내기 위해 누런 수의를 입힌다. 그 새 옷은 우리가 저승이라 부르는 어떤 자유로부터 스스로 벗을 수 없던 삶의 마지막 허물로서 추억된다.

발인 날, 온 가족이 함께 할아버지의 허물을 떠나보낼 때 나는 처음으로 사람에게 실제 입혀진 수의를 보았다. 갓 허물 밖으로 나온 매미처럼 뽀얀 빛으로 누운 할아버지의 날개옷, 누렇고 고슬고슬하면서도 반듯하고

옷

은은히 빛나는 그 옷은 옛날에 보았던 그 세대 사람들의 배냇저고리를 빼닮아 있었다. 현대에는 신생아의 건강과 신체의 편의를 위한 많은 고급 신소재가 사용되지만 그렇지 못했던 옛날에는 삼베를 사용했고, 이는 대개의 수의와 같은 것이었다. 삼베로 짠 배냇저고리는 아기에게 '부스럼 나지 말고, 가렵지 말고, 잘 참으라'는 세 가지 의미를 부여했다고 전해지는데, 나는 할아버지의 수의를 바라보며 '이젠 부스럼 나실 일도, 병석에서 가려우실 일도 없으시니 편안해지시라'고 속으로 인사하기도 했다. 꿈에 딱 한 번 나오셨을 때도 그 옷을 그대로 입은 채 웃고 계셨던 것을 생각하면 배냇저고리건 수의건 베옷은 시원하고 편안하기론 매한가지기 때문일 거라 생각했다. 매미의 허물은 나비로 치자면 고치와도 같은데, 곤충에게 있어 요람과 고치는 유사한 점이 있다. 요람은 부모가 새끼, 혹은 알을 위해 만드는 것이고 고치는 곤충 자신의 완성을 위해 스스로 만드는 것이지만, 완전히 다른 차원의 세상을 열어주는 포털의 역할을 한다는 것이다. 배냇저고리는 이승에 온 사람이 요람에서 사흘 만에 처음 입는 옷, 수의는 떠날 준비 사흘째까지 마지막으로 입는 옷이니 만사의 시작과 끝을 하나로 만들어주려는 노력이 인간만의 것은 아닌 듯하다.

그해는 유독 시끄럽고 커다란 말매미가 많은 여름이었고, 데시벨 수치가 전함 주포에 맞먹는다는 그 백색의 소음공해를 나는 한때 사랑했었다. 내 경험상 말매미와 참매미의 허물은 누렇고 엷은 광택을 띠는 갈색이었다. 이걸 백지 위에 올려놓고 보면 사람 수의의 주름 잡힌 그 느낌과 많이 닮아 있다. 허물의 이름으로 태어난 이의 허물, 떠나고 남은 허물을 위한 허물. 자신의 배냇저고리를 아직도 옷장 속에 간직하고 있다는 지인의 이야기 속에서 나는 나의 수의가 어떻게 입혀지면 좋을지 행복하게 상상해 보았다. 배냇저고리를 벗는 순간부터와 수의를 입게 된 때부터 중 어느 쪽이 더 시작에 가까운지는 잘 모르겠다. 그러나 태어난 이에게도, 아직 살아가는 이들과 허물을 벗은 이에게도 부스럼 없고 가려움 없이 오는 시간은 꽤 참기 좋은 생일 거라고 여기면서, 나는 남은 여름을 누런 삼베 홑청과 함께 보냈다.

입는 언어

사람이 사람이게 된 후로 독자적으로 만든 것은 엄밀한 의미에서 '의미' 자체뿐이었다. 무엇을 만들어도 사물, 어디를 살아도 공간, 어떻게 살아도 시간인 이승에서 우리가 인간일 수 있는 건 그것을 공유하고 만드는 일뿐일 것이다. 의미는 언어와 뒤엉켜 있고, 언어를 통해 발현되니 우리의 옷은 언어나 의미 그 자체에 애초 더 가까웠다.

나는 옷에 다른 의미적 요소보다 보호나 방한 같은 한정적인 기능이 선행한다는 교습은 인간에 대한 부족한 이해에 기인한다고 생각한다. 실제로 수많은 원시적 사회형태를 유지하는 부족들의 문화를 보면 그들이 몸에 걸친 어떤 것도 보호의 의미와는 대개 거리가 멀며 자신이 누구인지, 어떤 사람인지를 보여주기 위한 의미에 훨씬 가깝다는 것을 쉽게 확인할 수 있다. 이는 전쟁과 같은 위험하거나 특수한 상황에서도 마찬가지였다. 생명이 표면적으로나마 점점 소중한 것이 되어가면서 군복은 전술적으로 위장이 용이하도록 바뀌어왔지만 중세~근대까지만 해도 전혀 그렇지 않았다. 이런 경우는 유럽과 일본의 경우에서 특히 잘 나타난다. 5세기경부터 르네상스 이후까지도 유럽인들은 철판으로 만든 갑옷을 입었고 이는 전신을 보호하기 위한 철저한 기능적 복식이었음에도 더욱 권위와 위엄을 돋보이기 위해 더 아름답고 멋지고 빛나는 갑주를 만들어 입는 풍토가 있었다. 일본의 경우는 더욱 극단적인데, 헤이안 시대부터 전국시대까지 약 육칠백 년간 유럽과 마찬가지로 전술의 변화에 따라 갑옷의 형태에 많은 변화가 있었으나 개인의 전공을 더욱 돋보이게 하기 위해 더 화려하고 더 눈에 띄는 색상과 형태가 유행했다. 실제로 투구의 형태만 보아도 그 사람이 누구인지를 멀리서도 알 수 있을 정도였으니, 인간의 삶 속에선 자신의 목숨보다 명예가 훨씬 더 중요한 가치였던 시간이 상당기간을 차지했음을 알 수 있다. 재미있게도 지금은 반대의 양상이 된 것 같지만 말이다.

세계엔 전쟁과 학살 같은 대규모 폭력이 아직도 근

옷

절되지 않고 있지만, 선진 문화권을 중심으로 차츰 인간의 삶의 질은 크게 향상되었고 어디까지나 상대적이긴 해도 훨씬 편안하고 안전한 삶을 살도록 바뀌고 있다. 그러다보니 개인의 외모, 경제력 등 외적 요소가 곧 그 사람의 중요한 경쟁력이라는 인식이 자리잡으면서 더 멋지고 고급인 의복, 혹은 자신의 캐릭터를 잘 살릴 수 있는 디자인의 외관을 개인이 꾸미고 표현할 수 있는 선택권이 훨씬 커지게 되었다. 그렇게 옷이 개인의 정체성을 대변할 수 있는 가장 확실하고 직관적인 방법이라는 사회 분위기가 굳어지면서 피를 보지 않는 암묵적 경쟁과 그를 통한 자기만족, 개인의 정체성 확립 등 사회의 가시적 소통의 표피로서 작용하게 된 지 오래이다. 이탈리아나 프랑스의 명품 브랜드를 걸치는 것은 내가 미적·경제적 관점에서 어떤 수준인지를 더 높게 가시화하고픈 욕망이며, 다소 마이너한 문화이긴 하지만 캐릭터 코스프레와 같은 취미생활은 자신과 특별한 캐릭터와의 동질화를 통한 표현욕구일 것임에 큰 의심의 여지가 없어 보인다. 어쨌거나 기후조건과 안전이라는 기능적 차원이 발전의 이름 아래 다시 희미해지는 지금의 의복, 그것은 이미 의미 그 자체이다. 그것이 옷이든 아니든 우리는 언어를 입고 살아왔고 점점 더 그러할 것이다. 언어가 꼭 옷인 건 아니지만, 옷은 언어의 범주 안에 있다.

배냇저고리들

나는 중·고등학교를 졸업하곤 곧바로 교복을 버렸지만 군대를 전역하고 예비군이 모두 끝나고 나서도 군복은 쉬 버리지 못하고 있다. 이유는 간단하다. 모두가 힘들고 어두운 시간이었지만 중·고등학교 시절은 피교육의 권리라는 이름하에 자행된 지옥이라면, 군대는 의무 속에서 겪는 당연한 지옥이었기 때문이다. 당연한 지옥이 있다는 것이 슬픈 일이긴 하지만 의무의 이행은 어찌 됐건 당당하고 숭고한 것이니 기억되어도 딱히 상관없는 시간이라는 생각이 든다. 의미 있는 땀과 시간은 그게 무엇이든 추억되어도 좋은 것 아닐까. 내게 배냇저고리를 보여주던 당신 덕에 할아버지의 수의를 더 깊이 만져보기도 하고 무도를 수련하던 이십여 년 동안 내 땀을 한 사발씩 받다 물 다 빠진 도복을 똑바로 개기도 한다. 복식 규정이 두 번이나 바뀌기 이전의 것을 오버로크만 떼어다 겨울 점퍼로 물려 입던 아버지의 옛 근무복을 다시 입어보기도 하고, 더 예쁘게 보이려고 평소와 다른 화사한 치마를 입고 오던 어느 맑은 날의 당신이 있었음을 떠올리기도 한다. 태어난 지 몇 달 되지도 않은 듯한데 벌써 학교에서 영어를 배우고 선수처럼 수영하는 조카의 첫돌 옷을 창고에서 찾았을 때, 이사를 다닐 때마다 엄마가 나와 누나의 옛 옷을 정리하며 하셨을 생각의 뒤를 밟아보기도 한다. 선풍기 바람 곁에서 묵은 각질을 잔뜩 붙이고 있던 할머니의 리넨을 떠올리기도 하고 교통사고를 당해 몇 달을 누운 채 뜨거운 죽을 흘렸던 누더기 같은 내 대학병원 수술바지를 생각하기도 한다. 당신의 옷이 내게 말해주는 것, 내 옷이 나에게 말해주는 것이 있는 방식으로, 세상엔 잊어야 버틸 수 있는 것과 잊지 말아야 더해질 수 있는 것이 있다. 사람에게 가장 오래, 가장 많이 밀착된 사물은 옷일 테고 그 옷이 의미와 언어의 일부라면, 지금 이 순간에도 그것들은 나를 말하고 있고 내가 허물을 벗은 한참 후에도 계속될 것이다.

다시 매미 울음소리가 소나기처럼 쏟아지는 여름. 올해도 말매미가 많네, 그런 생각을 하면서, 언젠가 이 중 하나가 내 수의가 될 거라는 재미난 상상을 해보면서, 옷장을 정리하던 나는 나의 수많은 배냇저고리를 본다.

옷

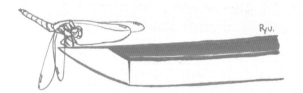
Ryu.

칼

맑고 가는 철

이른 밤, 혹은 늦은 밤. 기다란 칼을 들고 밖에서 혼자 허공을 갈라본다. 공기의 일부를 베어낸 칼은 다시 칼집 속으로 들어갔다 빠져나오면서 다시 다른 공기를 벤다. 거울처럼 맑고 풀잎처럼 가는 철을 조용히 내 몸처럼 만드는 이 동작은 조금이라도 허투루 다루면 곧바로 손이나 귀를 다칠 수도 있다. 나는 이런 행위를 오래전부터 여흥처럼 버릇처럼 해왔고 그런 모습을 처음 본 지인은 날 이상한 사람처럼 보았었다. 설명하지 않으면 웃기고 설명하는 건 더 웃기는 상황이었다. 그래서 그냥 웃을 수밖에 없었던 나는 다만 이런 입장을 가지고 있다. 가령 "칼을 들고 다니는 시대도 아닌데 검술을 왜 아직도 수련합니까?"라고 어떤 이가 묻는다면 "검술은 상대가 아니라 내 속에 있는 잡념들과 악한 마음을 베는 것이다."라고 말한 바 있던 어느 옛 무도 명인의 말씀을 대답으로 삼을 것.

본디 비전(秘傳)이나 오의(奧義)라는 이름으로 전래되는 내용들은 그런 연유로 인해 사람들에게 잘 알려져 있지 않다. 그러나 그 내용 속에는 간혹 생소하지만 멋진 말들이 있다. '소리가 나지 않는 것을 듣고, 보이지 않는 것을 보라'든가, '세워놓은 나무 기둥이 스승을 대신해 모든 것을 가르쳐준다'든가. 이런 문구들의 공통점은 모두 옛 검술의 교수법 속에서 나온 말이라는 것이다. 거기엔 마치 시와 같은, 일상적인 견해로는 이해하기 힘든 부분들이 있다. 검이란 인류 최대의 발명품인 '칼'을 무기로 분류한 한 가지에 불과하다. 하지만 이들은 분명히 어떤 예술성을 담고 있으며 다른 어떤 가르침보다도 치열하게 다가오는 부분이 있다. 그게 가능한 이유는 위의 내용들이 목숨을 담보로 하는 거의 항시적인 결연함에 관련했다는 진정성을 역사를 통해 입증받을 수 있기 때문이다. 예로부터 어떤 초월적인 아름다움이 발현되거나 구현될 때는 대체로 인간이 어떤 것에 대해 목숨을 걸거나 그렇다 할 만큼 처절하게 집중할 때였고 그것은 인문이든 과학이든 체육이든 예술이든 무엇이건 예나 지금이나 마찬가지이다. 가령 올림픽 경기에서 어떤 선수가 세계 신기록을 수립하는 순간 등에서 어떤 순수한 아름다움을 느끼는 것은 그와 같은 이유에서일 텐데 우리는 그가 그 한 순간을 위해 자신의 모든 것을 걸었음을 알기 때문이다. 어찌 보면 인간의 아름다움에 대한 인식은 극도의 치열함에 기인하기에 우리는 많은 미적 인식의 혜택을 과거를 통해 누리고 있는지도 모른다. 사람들이 무장을 하고 다니면서, 살기 위해 좋든 싫든 생명을 담보로 어떤 초연하고도 단단한 의지를 가다듬어야 했던 때와 같은 삶을 우리가 사는 것은 아니기 때문이다. 물론 지금이 과거보다 절대적으로 평화로운 삶을 이룩했다곤 말할 수 없지만 훨씬 안전해졌고, 그 덕에 옛 치열함은 더욱 미적 인식의 기반이 될 수 있었다. 가령 우리가 춤을 감상할 때 그것이 아름다울 수 있는 이유는 한정된 우리의 육체로 구현되는 움직임을 통해 어떤 폭넓은 메시지를 표현할 수 있을까에 대한 끝없던 고민이 그곳에 있기 때문이다. 이처럼 옛 고류검술의 연무(演武)가 아름다운 이유는 얼마나 오랜 세월 동안의 생존에 대한 고찰이 그런 움직임에 녹아 있는지 알 수 있기 때문이다. 그것은 살아남은 자들의 추억이며 경험이고 사선의 기억이다. 우리가 시를 읽을 때 그 작품에서 아름다움을 느끼는 단서는 시적인 대상에 대한 정서의 의탁이 아니라 지각이나 사유에 대한 어떤 치열함의 부분인 것과 같다. 현대의 우리는 작품에 대해 목숨을 걸고 임하거나 향유하는 것은 아니지만, 결국 걸어보지 않고 향유할 수 있는 복록을 누리고 있기는 하다. 어떤 성현이 수십 년을 피땀 흘려 쓴 고전을 우리는 단 몇 시간에서 며칠 만에 읽을 수 있는 것처럼. 그런데 이는 지식과 이론의 측면만이 아니라 육체적이고 실천적인 차원에서도 얼마든지 존재한다는 사실을 우리는 의외로 잘 알지 못한다. 언뜻 보기에 이런 것은 그저 '시대착오'적일 뿐이므로. 좋은 가치는 시간과의 관련성이 옅겠지만 그게 좋은지 아닌지는 전적으로 개인의 눈에 달렸고 개인의 눈에겐 대개 보이는 것 이외의 가치를 꿰뚫어볼 여유가 없기 때문일 것이다. 어쨌거나 칼이란 인류의 삶을 유익케 한 첫 번째 인위(人爲)이자 또한 인류의 목숨을 위협한 첫 번째 인위이다. 농사도 축산도 칼에서 시작됐고 핵무기도 칼에서 시작되었듯이 말이다. 이것은 칼에 대한 이해이며, 나는 이를 '검'의 측면에서부터 개진하는 것이 가장 좋다고 본다. 칼은 도구에서 무기로, 무기에서 상징으로 변화되어 왔는데 그 중간과정이 '무기'로서의 시대였기 때문이며 모든 대상과 인식의 칼끝은 사람을, 혹은 자신을 향했을 때 가장 깊고 치열할 수 있기 때문이다.

목숨의 저울

나는 개인적으로 문(文)만을 중요시하는 철학이나 사상적 인식을 좋아하지는 않는다. 그것도 우리가 살아 있을 때에만 가능하고, 살아 있기 위해서는 좀 더 고민된 움직임을 끊임없이 해야 하기 때문이다. 모든 사유는 생명에서 나오고 생명은 움직임의 실천이다. 사상이나 지식은 고귀하지만 그것이 의외로 '정신'에 크게 관련하지는 않는 것 같다. 성리학이 지배했던 우리 조선시대의 과거사가 그 예를 잘 보여주고 있듯이 말이다. 나는 사람의 육체적 움직임에는 세 가지가 있다고 생각하는데 노동, 운동, 수련이 그것이다. 노동은 밥벌이를 위해서 반 강제 이상으로 움직이는 일이며 이는 삶과 몸을 축나게 하는 것이다. 운동이란 노동처럼 힘들지만 몸을 더욱 살리는 차원의 투자적 움직임이다. 전자는 생산, 후자는 소비에 근접해 보이지만 실상은 거의 반대이기도 하다. 수련은 운동의 차원에 모종의 인식과 철학이 적용되어 그것을 이룩하거나 실천하려는 움직임을 말하기 때문이다. 우리가 조금 더 완성에 가까워지기 위해선 몸과 정신의 성장이 병행해야 한다는 점에서 나는 우리의 움직임엔 수련의 형태가 가장 적합하다고 생각한다.

다행히도 현재 우리 인간에겐 많은 수련의 가치와

형태가 있다. 내가 그중에서도 무도, 그중에서도 검술을 좋아하는 이유는 그중 한 순간에 내 모든 것을 거는 상황에 나를 가장 가까이 내던지는 경험을 수시로 체험할 수 있기 때문이다. 그것은 극도의 치열함에 대한 경험이고 치열함은 곧 아름다움의 준비에 대한 체험이다. 인류에겐 수많은 격기종목이 있다. 그것이 스포츠인 경우도 무도인 경우도 있지만 사물을 들고 하는 기술이 가장 인간적이라고 할 수 있으며, 가장 위험하기 때문에 이는 분명 운동의 차원이 아니라 수련의 차원임은 의심할 수 없는 것이다. 그 정점에 있는 것이 검술이다. 그것은 칼을 이용해 사람을 서로 효과적으로 해하는 방법으로 보일 수 있겠지만, 실제로 해보면 그보단 칼 앞에서 목숨을 거는 방법을 통해 초월된 마음을 교수하는 쪽에 더 가깝다. 이를테면 자신을 쉽게 내던질 수 없는 진실을 체험케 함으로써 생명의 무게가 얼마나 무거운지 알 수 있게 해주는 식이랄까.

　　날카롭게 날이 선 차가운 철제 무기. 맨손으로 맞서는 여러 입식타격 운동을 오래 해본 사람들도 그 앞에

섰을 때는 그와는 전혀 다른 양상의 공포감을 받게 되는데 이는 본능적으로 많은 생각을 갖게 한다. 이때의 칼은 무기의 개념으로 시작해 다가오지만 사실 칼, 혹은 날이란 인류가 만든 최초의 도구로서 자연과 인간 사이에 이치적으로 존재하는 원초적 대상으로서의 도구이기 때문이다. 문명도 문화도 칼에서 왔고 전쟁도 창조도 칼에서 왔으니까. 그러므로 인간이 자연의 일부이면서 동시에 자연을 극복하려는 존재라고 상정할 때 인간의 존재를 대상화시켰을 때 그에 가장 가까운 도구 또한 칼일 것이다. 그런 사물이 상대와 나 자신에게 겨눠짐을 알 때의 결연함, 혹은 내려놓기. 우리는 그것을 수련이라 부르고 나는 수련의 개념을 그렇게 이해한다. 사람들이 날이 있는 무기나 화기를 준비하고 정글을 헤매는 마음으로 집을 나서는 세상이 아님에도 검술이 우리에게 시사해 주는 바가 큰 것은 이렇듯 육체와 정신의 차원 모두를 다잡아줄 수 있는 부분이 명료하기 때문이다. 단지 시대에 맞게, 현재의 우리가 걸어야 할 것이 '목숨'이 아니라 자신에게 다짐하는 어떤 '의지'일 수 있다면 손에 칼을 쥐었든 아니든 분명 고귀한 경험이 될 것이다. 현대의 사회는 검을 잊었고, 버렸고, 또한 추억하기에 이런 사유와 수련 양날의 폭을 가져다주는 사물로서의 그것을 우리는 다시 만날 수 있다.

대상화된 '사이'

　고도의 검술은 마치 좋은 문장과도 같아서 날카롭고, 간결하고, 깔끔하다. 피땀 범벅으로 뒤엉키는 맨손 무술들과 결정적으로 다른 점이다. 매우 위험하기에 오히려 함부로 싸우지 않는다. 이아이도(居合道, 에도시대 중·후기에 융성한 도검 호신술로, 칼을 뽑지 않은 상태에서 시작해 세 수 안에 상대를 제압하는 것을 목적으로 하는 발도술)에서 하는 얘기로, '한 발 앞은 지옥, 한 발 뒤는 천국이다'라는 말이 있다. 이는 상대와 나 사이의 거리가 얼마나 중요한 것인지를 말해주는데, 이는 사회에서의 인간관계에 대해서도 다시 생각하게 해준다. 서로 너무 가까워도, 너무 멀어도 곤란한 관계의 거리, 칼은 그렇게 상대방과 나 사이를 가름과 동시에 둘을 마주 붙여놓은 위치에 있는 사물이다. 가령 '사이'와 같이 존재성만 가진 개념을 실존으로 대상화시킨다면 그 물성은 '칼'에 가장 가까운 모습일 것이라는 생각을 한다. 칼은 인간의 첫 번째 도구이고, 자연 앞의 인간 그 자체인 만큼 역사를 통해 온갖 은유와 상징이 되어왔지만 그 무기로서의 사용법을 교수하는 검술이라는 문화는 대상과 자아에 대해 재해석을 종용한다. 그런 점에서 칼은 사물이든 인간이든 반으로 가를 수도 훼손할 수도 뺏고 뺏길 수도 있고 부술 수도 재창조할 수도 있지만 분명한 건 인간과 자연 혹은 대상이라는 사물의 사이에 명백히 존재하는 또 하나의 사물이자 존재와 인식 사이를 가르는 특별한 기호라는 사실이다. 그래서 칼은 상당히 철학적으로 모순된 부분을 차지하고 있는 사물이다. 인간을 자연에 더욱 효과적으로 어울릴 수 있게 한 최초의 대상이면서 동시에 인식적 자아와 대상을 확실히 베어 떨어뜨려 놓기 때문이다. 인식이라는 좌뇌와 자연이라는 우뇌 사이에 박혀 빠지지 않는 어떤 실존처럼 칼은 아직도 우리를, 우리의 인식을 끊임없이 베고 있다. 육체적 인간은 칼을 맞으면 목숨이 끊어질 수 있지만 인식적 인간이란 베일수록 성장하므로 현대의 검술은 칼이 생명과 성장의 대상이어야 옳다는 것을 가르쳐주고, 그 검술은 칼의 존재가 가르쳐준다.

도구로서의 칼은 사물을 베고, 무기로서의 칼은 사람을 베고, 상징으로서의 칼은 마음을 베는 것이니, 우리를 닮은 칼은 늘 우리 속에 있다.

의
자

버릴 수 없는

얼마 전 이사를 했다. 엄밀히는 떠나는 게 아니니 반쪽짜리 이사라고 할까. 재개발의 일환으로 도로가 넓어졌고 넓혀야 할 도로에 우리 집의 대부분이 묻혔다. 남은 땅에 살 집을 다시 지어야 했고 다른 방법이 없었다. 예전의 집은 태생부터 주거형 설계가 아니었기에 구조가 이상해서 겨울 내내 외풍에 시달렸다. 도시가스가 들어오지 않아 보일러를 땔 수도, 레인지에 조리를 할 수도 없었다. 한겨울엔 전기 포트로 물을 끓여 변기 물을 녹인 다음 볼일을 보는 일도 많았고 하나밖에 없는 노트북 컴퓨터로 작업을 할 때는 너무 추워서 배터리에 이상이 생겨 전원이 들어오지 않기도 했다. 친구나 지인에게 이런 얘기를 하면 아무도 믿어주지 않았다. 집 안에서 사용하는데 아무리 추워도 그 정도일 리는 없다는 것이었다. 나는 그 집에서 졸업 작품을 썼고, 석사논문을 썼고, 등단을 했고, 박사논문을 썼고, 늘 감사히 거기 있었고 역시 아무도 믿어주지 않았다. 그러기를 약 십여 년. 아무도 모르게 혼자 버텨온 시간들이었다.

원래 살던 그곳에서 다시 살던 곳으로 가는 이사를 하면서 나는 많은 것을 버렸다. 개중에는 낡고 파손되어 쓸모없어진 것들도 있었지만 꽤 소중한 것들도 많았다. 어렸을 때 누나와 함께 심심할 때마다 보던 책들과 너무 오래 함께해서 온몸이 뿌연 때처럼 변한 인형들, 해지거나 촌스러워진 옷가지들과 이제는 작동하지 않고 고치는 값이 사는 값보다 더 많이 드는 기계장치 같은 것들과 건물이 지어질 때까지 몇 년을 컨테이너 속에 있다 망가져버린 사물들, 그러나 그중에서도 모양이나 상태가 어떤가와 무관하게 하나도 버리지 않은 물건들이 있다.

사람의 배움이 구체적 체험과 이론적 가치 두 가지로 나뉠 수 있다고 한다면, 나는 그중 후자를 먼저 배우면서 살아온 생에 가까웠다. 가령 끓는 주전자는 뜨겁다고 배우곤 알아서 화상을 입지 않게 행동했고 그게 늘 잘하는 것이라고 믿었다. 아무도 거기에 반박을 하지 않았으니까. 이와 같이 '인간은 누구나 외롭다'와 같은 피상적이고 이론적인 가치를 당연한 것처럼 먼저 배웠기에 나는 내가 외로워도 그건 당연한 거라고 생각했고 혼자 지내는 것에 자연스레 익숙해져 있었다. 그래서 내가 청춘을 보통 이상으로 외롭게 보내고 있다는 사실을 구체적으로 알게 된 것은 한참이나 후의 일이었다. 외로움은 기본적으로 사람의 부재 혹은 이해의 부재로 생기는 것이니 나는 그것을 매사 사물의 소유와 가치의 개진 등으로 보상받으려고 했던 것 같다. 생각해 보면 시를 써온 것도 그와 같은 맥락임은 자명하다. 나는 세상에 딱히 하고 싶은 말이 없었지만, 외로울 수만 있다면 누구나 그 막막함을 쓸 수는 있는 것이니까. 그리고 그 막막함이 곧 세상에 하고픈 말이 되어갔으니까. 그리고 그런 말들은 모두 의자 위에서 생산된 것이었다.

　새로 지어진 집에서 이제 나는 철저히 혼자지만 거기엔 유난히 의자가 많다. 작업실 책상 의자는 말할 것도 없고, 신혼집을 정리하고 이사를 한 누나의 살림에서 얻어온 식탁의자 네 개와 아일랜드 식탁용 스탠딩 의자 둘, 마루에는 다목적 안락의자가 또 두 개 있다. 다리 네 개짜리 원목으로 된 등받이 없는 다목적 소형 의자 하나에 너무 낡아 녹이 다 난 허리보호용 독서 의자도 하나 더 있다. 즉 나 혼자 지내는 좁은 집에 의자만 총 열한 개가 있는 셈이다. 이중 내가 하루에 이용하는 의자는 책상 의자와 밥 먹는 의자 두 개뿐이다. 나머지는 하루 종일 아무도 앉지 않는다. 그저 늘 그 자리에 있을 뿐. 이들은 아무런 역할도 없이 가끔 청소기를 돌릴 때 번거롭게 슬금슬금 자리를 비켰다 제자리에 되돌아가 있는 게 역할의 전부이다.

　그렇다고 내가 의자에 욕심이 따로 있는 것은 아니고 더 좋은 의자를 자주 사서 집에 들이는 것도 아니다.

현재 사용하고 있는 내 책상 의자도 원래 누가 길에 폐기물 딱지를 붙이지 않고 불법으로 버린 물건이었다. 머리 닿는 쿠션의 금속 지지대가 살짝 휘었을 뿐 다른 부분은 모두 멀쩡하기에 주워온 것이고 그 이전부터 쓰던 독서 의자는 누나에게 물려받은 건데 너무 오래 쓰던 거라 아까워서 버리지 못하고 옥상에 올려두었다. 지금은 비바람을 맞고 팔걸이 파이프에 녹이 잔뜩 올라와 있는데다 등받이 합판은 다 터져 있다.

하지만 나는 왠지 의자를 버리는 것에는 익숙하지 못하다. 꼭 필요한 물건만 필수적으로 남겨두고 아무것도 남겨두지 않는 성향의 내가 이 경우에만 왜 그런지 사실 나도 궁금했다. 실제 쓸 일은 거의 없이 자리만 많이 차지하는 사물을 왜 나는 쉽게 처분하지 못하고 있을까.

기다리는 가구

아무래도 내겐 그것들이 나 대신 사람을 불러주거

나 기다려준다고 믿었기 때문인 것 같다. 다시 말해 의자가 있으면 결국 거기 앉을 사람들이 찾아올 것이라는 기대라고 할까. 외로워서, 어쩌면 언제까지고 외로울 수도 있을 것 같아서. 나는 편안함과 외로움은 항상 양립하고, 그 피할 수 없는 고독함은 일종의 가능성을 갖고 있을 때 가장 잘 해소된다고 여겼던 것 같다. 짚신도 짝이 있다면 사람에게도 연이 있듯이, 의자에도 그곳에 앉을 사람이 계속 있어야 옳은 것 같았다. 그리고 내겐 그들이 아직 오지 않은 것만 같다. 그래서 의자들을 보면 외로움과 행복이 양립 가능한 어떤 지점이 있음을 느낀다. 내가 좋아하는 어떤 사람이, 혹은 사람들이 이곳에 올 때 그들은 여기에 당연하듯 앉을 것이고 의자가 있는 곳은 그 당연함의 좌표이므로 내게 의자란 모든 만남의 가능성 또는 그 형상으로 곁에 있는 것이다.

　　퇴근 후 컴컴한 집의 문을 혼자 열었을 때, 대개 내 몸이 가장 먼저 하는 일은 의자에 일단 걸터앉는 것이다. 그러고는 생각한다. 내가 그 의자에 앉아서 먹은 것들과 이곳에 와서 그 의자에 앉았던 사람들과 그 의자

위에서 나누었던 얘기들 등은 의자 위에서 더욱 생생해진다. 의자는 현장의 기억을 극대화시킨다. 아무 의자에 앉을 순 있어도 물론 그게 아무 자리는 아니다. 그래서 마루와 부엌에 즐비한 낡은 의자들, 그것들이 나이건 아니건 분명 사람을 기다리고 있었을 거라는 생각이 들 때가 있다. 앉아 있는 사람, 그것에서 우리는 의자와 앉음을 구별할 수 있을까. 결국 의자는 거기 앉은 사람과 한 몸이 되어 생각하고 말하고 추억한다. 아무 자리가 아닌 그 자리에서 사람을 오롯이 기다리는 사물이 있다는 생각, 나의 삶과 나의 허물의 무게를 오롯이 받아주기 위한 가구가 집에 있다는 것에 대해 혼자 감사할 때가 있다. 그런데 가구? 가구라니.

가구는 우리의 집기들을 올려놓고 보관하고 채워놓는 도구이다. 무엇으로 만들었든 어떻게 생겼든 그 범주에 들어가는 모든 사물을 우리는 그렇게 부른다. 사물을 얹는 사물이 있다면 사람을 얹는 사물이 없을 리 없고, 의자는 그 역할을 하는 가구를 통칭하는 말이다. 여기엔 흥미로운 사실이 하나 있다. 사물을 올려놓는 또 다른 사물을 가구라고 부르면서 사람을 올려놓거나 혹은 사람이 올라앉는 물건도 가구라고 부른다면 대상으로 서의 사람과 사물 간의 차이가 사라진다는 것이다. 사물이라는 인격, 사람이라는 사물이 태어나는 순간을 의자가 가르쳐주는 셈이다. 이것은 인간 인식의 가벼운 허점일 수도 있겠지만 인간이 사물과 같다고 해서, 혹은 사물을 인간처럼 사유한다고 해서 우리의 도덕적 인식에 구멍이 나는 것은 아니다. 그렇다면 내가 위에서 의자가 사람을 기다린다고 생각했던 것은 표현도 상상도 아닌 진실이 되고 그래야 마땅하다. '사람이 사물처럼 있다'는 의미보다는 '사물이 사람같이 곁에 있다'는 사유가 더 건강한 지평일 순 있겠지만, 세상에선 그 존재의 경계가 사실상 모호한 데다 점점 더 모호해지고 있으니까. 사람과 사물의 사이에 있는 사물, 그중 우리는 의도했든 하지 않았든 사람에 가까운 사물을 위한 일부의 사물을 가구라고 부르고, 그중 일부의 사람 혹은 사람의 일부를 사물에 가깝게 데려오려는 어떤 사물을 의자라고 부른다. 우리는 의자에 앉은 사람을 대개 의자와 구분해서 인식하지 못하듯, 나는 의자에 대해 이렇게 이해한다.

고독의 사물화

신도시 개발구역 상가에 있는 고깃집을 찾아가 밖에서 눈치만 보다 그냥 간 적이 있었다. 굉장히 넓은 곳이었는데 손님이 아무도 없었다. 보이는 것은 수십 개의 의자와, 그 의자 중 하나에 멍하니 앉아 있는 사장님뿐이었다. 그의 막막함 혹은 고독의 크기는 그곳의 빈 의자 수만큼으로 가늠할 수 있었으니, 나는 오히려 섣불리 앉을 수 없었다. 뭔가가 형상화·수치화되거나 가늠할 수 있다는 것은 편리하지만 무서운 일이다. 우리의 고독은 비교의 대상이 아니라 상쇄의 대상이기 때문이다.

나는 외롭고, 너는 외롭다. 왜 꼭 그래야 하는지 나는 아직도 잘 모르겠지만 우리 모두는 모두인 채로 연약하고 외롭다. 지겨운 일이다. 외로움은 지겨운 것이고 지겨움은 근본적으로 외로운 것이다. 그 둘은 비슷한 점이 많은데 사람들은 그 둘을 특히 의자 위에서 가장 오래 겪어왔을 것이다. 인간이 연약하다는 말은 복잡한 것이 아니다. 모두가 서서 하루를 살지만 실제론 외로움을 이겨낼 만큼 오래 서 있을 수 있는 존재가 못 되기 때문이다. 연약함은 외로움만큼 충분하고, 그래서 우리는 사람을 담는 가구를 만들었고 우리 스스로를 대상화했고, 똑똑하지 않았고 다른 방법이 없었다. 현재의 우리는 연약함을 잊기 위해 외로움을 잊은 결과이며, 의자는 그 결과이므로 우리는 우리가 만든 의자와 닮았다. 사람이든 사물이든, 상대를 외롭게 하는 존재는 더욱 외롭다. 즉 대상이란 '고독의 형상'이다. 의자는 외롭게 기다리는 사람을 오래 그 자리에 있게 한다. 즉, 인칭을 사물화시킨다. 설령 어떤 기다림이 끝나도 의자는 사람을 외로운 객체 그대로 있게 돕는다. 그런 면에서 의자는 사물과 사람 사이에 있고 어떤 사물과 사람보다 외로움에 더 가까운 사물이다. 사람의 외로움이 실체화된다면 의자의 형상에 가장 가까울지도 모른다. 많은 의자를 놓은 집에서, 그 수만큼 연약한 나는 얼마나 고독했고, 또한 많은 사람을 외롭게 했을까 생각한다. 나는 의자 앞에서 당신을 기다리고, 의자는 내 앞에서 나를 기다리고 있다. 나는 당신과 함께 새롭게 고독하기 위해 앉아 있고, 의자는 오늘도 그것을 기록하고 있다.

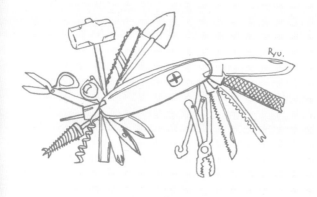

공구

맥가이버

1980년대에 10대와 20대를 보낸 사람들은 대부분 추억할 수 있는 드라마가 있다. 칼이나 톱을 비롯한 여러 가지 도구들이 손가락 한두 개만한 크기에 다 들어 있는 스위스 아미나이프 하나를 들고 다니면서 온갖 위기상황과 역경을 기지와 지혜를 통해 헤쳐 나가는 주인공, 리처드 딘 앤더슨이 분한 그의 이름은 '맥가이버'이고 이 드라마의 제목이기도 하다. 이는 1986년부터 1992년까지 거의 6년여를 방영한, 사실상 우리나라에서의 '미드' 열풍을 이끈 기념비적 작품이었다. 드라마를 본 적 있는 사람들은 알겠지만 주인공이 절체절명의 난관을 헤쳐 나가는 과정을 보는 묘미가 이 드라마의 백미인데, 많은 사람은 주인공의 재치와 기지 등의 이상으로 그가 들고 다니는 '아미나이프'에 대해 관심을 갖게 했다. 또한 그 물건을 세계적인 베스트셀러로 만드는 데 결정적 기여를 하게 되었다. 생존과 상황 타개의 의지와 지혜는 물론, 가장 중요하겠지만 그에 따른 실행에 큰 도움이 되면서도 지참하기 좋은 '공구'의 중요성을 크게 부각시키는 계기가 되었던 것이다.

'공구'란 공작, 혹은 공업용 도구라는 의미에 가깝지만 그만큼 전문적이고 무거운 일을 해낼 수 있는 도구라는 의미도 가지므로, 공구는 도구의 진화된 형태이며 결국 '공구'는 능력 지평의 확장을 의미해 준다. 더 넓게는 인간과 사유와 그 의지의 확장이 사물화된 것으로 볼 수 있다. 도구는 문화의 기원이므로 공구란 어찌 보면 우리의 근원에 가까운 사물이다. 사실 공구는 그 유익함만큼이나 철저하게 기능을 위해서만 존재하는 '거친' 사물이므로 부담스러운 물건이기도 하다. 그 물질적·기능적 특성상 휴대하고 다니는 건 대개 불가능하다. 단단한 사물을 다루기 위한 목적상 날카롭고, 무겁고, 다양하기 때문이다. 그런 공구의 기본적 기능성을 상실시키지 않으면서도 '여러 가지 기능의 공구들을 조합해 호주머니에 쏙 들어갈 사이즈로 만들어놓은 제품이 있다면' 하고 생각하는 것은 인간의 본성 차원에서 어쩌면 당연한 수순이었을 것이다. 게다가 실체화된 그런 공구의 실사용 예를 멋들어지게 드라마라는 강력한 매체를 통해 보여주었으니 멀티툴류의 휴대용 공구가 세계적인 인기를 끌지 않았다면 그게 오히려 이상할 것이다.

목적의 주인

꽤 오래전에 읽어봤던 모 소설가의 작품 하나를 떠올린다. 기억은 가물가물하지만 주인공은 어렸을 때부터 드라이버를 가지고 놀았고 그걸로 온갖 가전제품을 하나하나 분해하고 해체해 보는 것을 좋아했다. 그러던 어느 날 그는 상대의 구성 요소를 하나하나 직접 보고 이해하는 것이 대상을 진정으로 사랑하는 방식이라 생각했다. 그래서 그는 드라이버로 자기 애인의 몸을 당연하다는 듯 하나하나 해체한다는, 그런 이야기였다.

　나는 부족하나마 문학을 공부했기에 소설과 현실 사이의 확연한 괴리에 대해 나름 조금은 이해하고 있다. 모든 문학은 근본적으로 인위이고 허구이다. 그러나 너무도 지극히 현실적이고 극적인 사건과 시각, 설정과 세계관 등을 통해 지리멸렬한 현실 속에서 우리에게 좀 더 신선하거나 덜 따분하고 확장적인 사유로 우리를 초대하고자 한다는 고귀한 특성이 있다. 위 소설도 그러한 점에선 분명하지만 나는 그 작품이 인간심리에 대한 작가의 공부와 궁리들 속에서 나온 문학적 상상일 뿐 현실적·구체적 경험에서 우러나온 것은 아니라는 생각이 든다.

　그 근거는 세 가지다. 첫째로 소설의 주인공은 '해체하는 일'에 집착하며 사람의 육체를 라디오 분해하듯 드라이버로 해체하는데 이게 아주 비현실적인 발상이라는 점이다. 드라이버라는 공구는 형상과 보는 이에 따라 '흉기'처럼 느껴질 순 있을지언정 사람의 육체를 분해하기에는 전혀 적합지 않다. 실제 그런 사람이 있다면 다른 여러 가지 도구들을 동원해 이를 '계획적'이고 '체계적'으로 사용했을 것이다. 그래서 사랑하기 때문에 드라이버로 사람을 해체하려 한다는 설정은 책으로 배운 이상심리를 적용하려던 작가의 이론적 상상력 정도로 보인다. 두 번째는 첫 번째 이유에 의해 파생되는데, 계획적으로까지 사람을 해체하려 했다면 주인공이 상대를 사랑하는 방법으로서 그런 행동을 할 확률은 희박해진다는 것이다. 가령 상대를 이해하는 주인공의 방법이 정말 '마음'이 아니라 '육체성'이거나 '물성'에 가까웠다 하더라도 드라이버로 애인의 내장을 헤집는 것보다는 다짜고짜 병원에 데려가서 CT나 MRI를 찍게 하는 설정 등이 훨씬 현실적일 듯하다. 결국 그의 행위는 작가가 소설을 통해 엽기적으로 그리려던 '사랑'의 양상보다는 단순한 살인행위로 보인다. 세 번째는, 정말 공구로 제품을 분해하고 해체하길 좋아한 사람이라면 공구를 그렇게 단순히 목적을 위한 도구로만 여기지 않을 거라는 견해이다. 뭔가를 다루고 분석하는 이에겐 보는 대상뿐만 아니라 그걸 해체하기 위해 사용하는 도구 또한 특별하고 의미 있는 대상이게 마련이다. 즉 주인공 행위가 정당화되려면 정말 그가 애정을 가진 쪽은 해체할 애인보다는 드라이버 쪽인 것이 더 옳았다. 해체될 대상과 해체하게 할 대상 중 어느 쪽을 더 사랑하는지는 사랑을 줄 대상과 사랑할 대상 중 어느 쪽이 더 중요한지에 대한 고민으로 연결될 것이다. 나무를 톱으로 썰어야 한다면 나무와 톱은 모두 소중한 것이어야 옳다.

사물을 위한 사물

사실 뭔가를 수리하고 손을 보는 '엔지니어' 입장에선 공구 없이 제품이 있을 순 없겠지만 보통의 사람 입장에선 어떤 제품이나 이용목적이 없이는 공구에 별 의미를 두지 않을 수 있다. 그리고 대부분의 우리나라 사람들은 뭔가를 직접 고치는 일에 가까이 있지 않은 듯하다. 흔히 사용하는 비유로 '남자는 전구를 갈아 끼울 수 있어야 한다'는 식의 말을 들 수 있는데, 이는 단순히 죽은 전구를 빼고 새 전구를 넣는 단순작업을 여성이 할 수 없다는 것을 의미하지 않는다. 그 일을 위해선 해당 전구의 정격전압과 소켓 규격, 그리고 전기제품 안전에 관한 지식이나 공구 사용법 등과 같은 공학적 지식과 경험의 유무가 필요할 것이며, 대체로 그런 부류의 일은 전통적으로 '남성적인' 것으로 인식되었기 때문일 뿐이다. 그러므로 여기서 '남자'의 의미는 남성이라기보다는 '책임자' 혹은 '전문가'의 의미가 더 크다고 보는 게 옳다. 미국에서는 여성 운전자들 중 타이어가 펑크 나면 정비소까지 가기 위해 직접 스페어타이어를 갈 수 있는 사람도 많고, 한국에는 전구 정격전압과 규격도 모르는 남자도 많기 때문이다. 그러므로 그 점은 성별이나 전공의 문제보다는 생활방식이나 사물에 대한 인식 문제에 더 가까워 보인다.

상기 소설의 주인공처럼 나도 어렸을 적부터 여러 기계장치들을 분해하고 해체해 보는 것을 좋아하는 부류의 사람 중 하나였고 그런 기억 때문인지 공구에 대해 다소 특별한 정서를 가지고 있다. 이는 필요한 뭔가를 가지고 다니는 것을 중요하게 생각하는 사람이 가방에 애착을 갖는 것이나, 즐겁고 편하게 이동하는 것을 좋아하는 사람이 차에 관심을 갖는 것이나, 높은 수준의 요리를 추구하는 사람이 좋은 부엌칼에 관심을 갖는 것과 비슷하다. 자기 주변 사물들에 대한 관심 혹은 애착이 있다면, 좀 더 구체적으로 말해 사물들의 안녕과 효율, 지속성, 그리고 언제든 그것들의 조치에 대한 대응력 등을 중요하게 생각한다면 공구는 그 무엇보다 중요한 사물이 된다. 그렇다면 나무를 필요한 용도로 쓰기 위해 톱으로 자를 때, 나무만큼, 혹은 그보다 더 톱에 관심을 갖는 것이 그리 이상할 것은 없다.

사물이 하는 일을 평점화할 수 있다면 공구는 아마 세상에서 가장 선한 사물의 범주일지도 모른다. '사물을 위한 사물'이라는 특별한 위치에 있는 존재를 우리는 공구라고 부르며 이는 무생물적 대상을 위한 의료용품 같은 것이기 때문이다. 사물이란 곧 사람의, 사람에 의한, 사람을 위한 개념이므로 공구 또한 사람을 위한 것이니 이는 조금 다른 의미에서의 수술 도구이다. 인간을 위한 사물, 그 사물을 위한 사물이 있다면 동시에 그를 위한 인간도 있어야 그 사물은 계속 인간을 위해 선할 것이다.

수리벽

공대를 가고 싶다거나 하는 생각은 없었지만, 어려서부터 여러 공구들을 사용하여 여러 제품과 장비들을 분해 조립해 보는 것은 내게 항상 신기하고 재미있는 일이었다. 그리고 기계나 전자제품 등을 뜯어보고 해체하는 일을 계속하면서 나는 많은 것을 배우게 되었다. 어려서부터 그런 짓을 계속하다 보니 모터나 동력전달 체계, 전자부품의 기본원리 등에 대한 이해가 배우지 않아도 자연스럽게 생기는 효과를 경험했다. 그때부터 차츰 내게도 모든 사물을 바라보는 시각을 단순하지 않게끔 만드는 습관이 들게 되었던 것 같다. 또한 이것이 공학보다는 오히려 문학을 하게 되는 원동력이 되었다. 결국 나는 사람이 만든 어떤 기계든 기본적인 체계를 이루는 대동소이한 원리들이 존재한다는 것과 그것들을 통해 어떤 제품을 보아도 대강의 설계와 구조 정도는 가늠할 수 있어서, 웬만히 설계가 단순한 가전제품은 내 손으로 수리할 수 있게 되었다.

그 이후로, 집에서든 밖에서든 학교를 가든 직장을 가든 가재도구나 간단한 설비 등이 파손되거나 고장 나면 보수나 수리는 거의 늘 내 몫이었다. 선풍기 로터 샤프트가 낡아서 돌아가지 않게 되면 모터를 해체해서 그리스를 발라 재조립하거나, 도자기나 나무 제품 등이 파손되면 티가 나지 않게 원상복구했다. 경첩이 파손된 여닫이문을 업자 호출 없이 수리해 놓거나, 화장실이나 거실 조명장치가 단락되거나 파손되면 광원을 교체하고 원상태로 돌려놓기도 했다. 청소기 부품이 파손되거나 각종 주방설비들이 고장 나도 마찬가지였다. 세월이 지나 조카들이 생기면서 그들의 귀여운 호기심과 장난에 희생된 가재도구들을 쫓아다니면서 원상복구시키는 일도 일상처럼 되었다. 자전거를 오래 타본 사람들이 대개 그렇듯, 나도 구동계나 각 부위별 컴포넌트를 교체 및 분해 보수작업을 하는 정도는 기본이 되었다. 물론 사람의 생활 속에서 가재도구가 그리 자주 망가지는 것은 아니지만 뭔가를 수리하기 위한 해당 공구가 없거나, 있어도 올바른 사용법이 배어 있지 않다면 아주 간단한 하자에도 아무런 대응을 할 수 없음을 느끼는 건 쉬운 일이다. 그런 생각지도 못한 상황에 직면할 때 공구는 홀연히 존재감과 생명력을 발산한다. 사정이 이렇다보니 나 또한 맥가이버 같은 좋은 휴대용 멀티툴에 관심을 갖게 되었고, 평소에 그런 물건을 늘 가지고 다니다시피 되었다. '쓸모가 있을지 모른다'는 한 가지 이유만으로 전기 수리공처럼 공구세트를 들고 다닐 수는 없는 노릇이기 때문이다. 요즘은 그런 멀티툴들도 발전과 진화를 거듭해서 스위스 아미나이프보다 다기능에 더 신뢰성 높은 제품들도 많고, 내겐 지금도 그런 것을 가끔 찾는 취미가 있을 정도다.

드라이버처럼 웃기

사람이 한 구성원으로서 다른 사람에게 진정 어린 도움이 되는 삶은 정말 쉬운 일이 아니다. 나는 글을 전공으로 살아왔고, 그런 것으로는 가족에게도 누군가에게도 크게 도움이 되는 삶을 구가하기 힘들었다. 열심히 살고는 있지만 작금의 세상에선 그게 어려워지기만 할 뿐 쉽게 호전되지는 않는 것 같다. 그래서인지는 몰라도, 우스꽝스럽지만 나는 내가 어떤 '공구'라도 되는 것이 타인에게, 가족에게 미약하게나마 도움이 되는 여러 방법 중 하나라고 생각했고 아직도 그런 식의 마음을 조금 가지고 있다. 이는 뭐든 '혼자서 해결해 나갈 수 있음'에 대한 근원적 자신감을 심어주는 데 늘 도움이 되기도 했다. 그래서 나는 나의 '공구화'에 대해 후회해 본 적이 없다. 고쳐진 장난감과 학용품을 들고 좋아하는 조카들과, 고쳐진 문고리나 선풍기, 화장실 조명의 복구를 본 어머니의 미소와, 뭔가를 뚝딱 손보는 모습을 신기하게 지켜보는 연인의 시선을 본 사람은 그런 소소한 생활의 보람에 대해 알 것이다. 우리는 선량한 인칭과 대상을 보면 그 기질을 닮고 싶게 마련이다. 나는 이왕이면 더 좋은 공구를 닮고 싶을 뿐, 사물은 인간의 피조물이므로 사람을 닮았으니 모든 사물이 선량할 수는 없겠지. 하지만 세상엔 그 무엇보다 다른 대상을 위해 자기를 희생하는 대상이 있고 사물의 뒤에서 사물의 빛을 더하는 거칠고 겸손한 사물이 있다. 나는 내가 사물보다 나을 수 있다는 생각을 해본 적이 없고 이는 자존감 같은 단어와는 별개의 문제였다. 나는 악한 사람의 성질보다는 차라리 선한 '사물'의 성질을 닮는 쪽이 낫다고 생각하기 때문이다. 또한 사람은 '서로에게' 이상으론 존귀하지 않고 사물은 인간 밖에서도 아름다울 수 있기 때문이다. 언어가 의미를 잃어갈수록 오히려 문학에 가까워지듯 나는 사람에서 사물로 돌아가는 어떤 과정에서 살고 있다고 믿는다. 그게 나와 타인에게 만족감과 편리함을 더할 수 있다면 어찌 됐든 의미 있는 일이겠지. 지금 이 순간에도 옥상 출입문 걸쇠를 고치고 있는 나는 '나'의 사소하고 미소한 확장 속에서 드라이버처럼 혼자 웃는다.

노트

선물 사용법

소문처럼 널리 퍼져 있으면서도 사실무근인 사건이
나 속담, 혹은 경구처럼 흔히 사용되고 있지만 출처가 불
명확한 말들을 우리는 자주 접한다. '망각은 신이 인간에
게 주신 최고의 선물'이란 말도 그 예 중 하나다. 나는 이
말의 정확한 출처를 찾지 못했는데, 처음으로 이 그럴듯
한 말을 한 사람이 누군지는 모르겠지만 오랜 시간에 걸
쳐 많은 슬픔과 상처를 경험한 사람임은 틀림없다고 여
겨졌다. 확실히 이승은 누구에게나 슬픔 쪽이 기쁨 쪽보
다 훨씬 거대하고 강력하기 때문에 인간에게 있어 '잊어
버림'만큼이나 거대한 방패도 드물 것이고 그것을 최초
로 인지하기까지는 그것을 마음껏 사용할 만큼 슬픔에

게 공격받았을 것임은 자명하기 때문이다.

　나는 신이 있다면 우리에게 아무것도 주지 않고 방치했거나 수없이 많은 선물을 주었거나 둘 중 하나라고 생각하기 때문에 망각이 최고의 선물인지는 잘 모르겠지만, 그것이 선물이 맞다면 꽤 괜찮은 증여라는 생각은 든다. 앎 혹은 인식이 확장과 상처에 관련해 있다면 망각은 축소와 치유에 관련해 있으니 선물이라면 그럴 것이고 아니라면 그 또한 그럴 것이다. 망각의 반대말이 정확하진 않지만 '기억' 혹은 '인식'의 사이 어디쯤일 것인데, 이들은 사실 양날의 칼 같은 것이다. 앎이라는 것은 늘 생각하는 힘을 키워주게 마련이지만 생각의 강력한 힘이 곧 영혼의 맷집과 연결되는 것은 아니기 때문이다. 오히려 상대를 상처 줄 경우의 지평과 내가 상처 입을 지평 또한 함께 키운다. 앎에도 바람직한 것과 불편한 것이 있고 잊어야 좋은 일과 잊어선 안 될 일이 있다. 그리고 그것은 타인에게 혹은 시간 속에 있어 절대적이지도 않다. 우리가 공부란 해서도 안 되고 안 해서도 안 되는 이유일 것이다.

　신이 주었을지도 모를 그 흐릿한 선물을 어떻게 사

용할 것인가에 대해 늘 고민하며 나는 인식과 망각의 반복 속에서 시간을 보낸다. 망각은 필요할 때 꺼내 쓸 수 있는 게 아니라 내게서 항시 작동하고 있으니 사실 선물보다는 족쇄에 가까운 것 같긴 하지만 말이다. 망각은 인식과 기억에 늘 빨판상어처럼 붙어 따라다니는데, 덩치는 조금 더 작고 힘은 훨씬 강하면서도 상리공생을 유지하므로 그것은 불편하면서 선량한 동반자처럼 곁에 있다. 알려고 노력하는 것을 '공부'라고 특정한다면, 그리고 공부를 해서 나쁜 게 있고 안 해서 나쁜 게 있다면 나는 공부를 해서 나쁜 쪽을 택할 것이다. 이유는 간단하다. 공부를 하면 인식과 망각 모두를 지속적으로 경험할 수 있고 그렇게 고통과 슬픔의 지평까지 함께 넓어지면 더 큰 인식의 세계로 가볼 수 있기 때문이다. 고통과 슬픔은 원래 피할 수 없는 것이니 그걸 피하려고 해서 얻을 수 있는 것은 아무것도 없다는 것을 알게 된 것도 결국 인식과 망각 덕분이었다. 태어난 인간에게 이 불가피한 두 가지를 준비케 하고, 자라나는 인간에게 이 두 가지를 경험케 하고, 살아가는 인간에게 이 두 가지를 추억케 하는 사물이 우리 곁에 축복처럼 널려 있다.

영혼의 궤적

연말, 모 프랜차이즈 커피 전문점에서 쌓은 포인트로 신년 다이어리를 받았다. 글을 쓰기 위해 카페를 일부러 자주 가는 기벽 때문인지 나도 모르는 사이에 커피를 참 많이도 마셨구나 생각했다. 그런데 고객들이 적립한 포인트로 매년 새 다이어리를 주는 그 마케팅이 나는 정말 마음에 들었다. 생각건대 언제든 메모를 할 수 있는 노트를 아예 필요로 하지 않는 사람이 있을까? 만일 많은 사람에게 필요하고 유용한 것이라면 이 물건을 정말 예쁘고 실용적인 것으로 선물 받는 일은 대개의 모두에게 즐거운 일 아닐까? 그래서 나는 사랑하는 사람에게 노트를 자주 선물했었고 내가 나를 사랑해야 할 때는 나에게 노트를 가끔 선물했었다. 아직 새 물건이 얼마든지 있다고 하더라도 다른 새것이 손에 들어오면 변함없이 흥분되고 행복한 선물이 있게 마련인데, 나에겐 노트가 그랬다. 여러 가지 이유가 있겠지만 특히, 그곳에 나의 무지하고 어리석은 예비 과거사의 너저분한 활자 비율을 늘려갈 때마다 내겐 아직도 조금씩 자라고 있다는 만족감의 흔적이 함께 자라기 때문이었다. 그래서 내가 수첩이나 노트를 선물할 때는 '딱히 비싸지 않아서'라는 솔직하고 무감각한 이유보단 그렇게 함께 완성되어 가는 행복의 경험을 공유하고픈 소망이 마음 한구석에는 항상 있어왔다. 그런 면에서 나는 노트는 채워도 좋고 채우기 전 역시 좋은 거라고 생각했다.

인간은 새로운 인식과 적절한 망각을 통해 자신의 영혼을 유지하고 있다. 그러나 알아야 할 것은 머리에 잘 들어오지 않고 잊어야 좋은 것들이 더욱 또렷이 남는 경험에서 알 수 있듯 인식과 망각은 둘 다 오롯한 우리의 것은 아니다. 그것을 오랜 세월에 걸쳐 가르쳐주었던 사물이 노트이고, 지금도 그 사실은 딱히 변하지 않았다. 새 책을 사면 거기 타인의 과거가 들어 있고 노트를 사면 거기 나의 미래가 들어 있다. 즉 노트는 나의 미래가 선물한 내 '이전'의 기록이다. 그리고 그 이전은 아직 완성되지 않았기에 우리를 설레게 한다. 우리가 영혼이라 부르는 것은 기억정보의 그림자 속에서 만들어지는 것이니 우리는 많은 앎과 생각과 기억과 망각을 반복할 것이고, 그것들이 모여 우리 영혼들의 더 큰 궤적을 형성할 것이니 더욱 그렇다.

망각의 능선

일하고, 공부하고, 살면서 메모를 하지 않는 사람은 별로 없을 테지만 사실 메모나 필기를 하는 것만큼 특이한 일도 드물 것이다. 에빙하우스에 의하면 망각은 인간 인지과정의 대부분을 차지하는 영역이라 우리의 거대한 숙명 중 하나다. 그가 정리한 '망각곡선'은 그 이름대로 인식에 대한 것이 아니라 망각에 대한 것이다. 우리는 죽음의 필연에 대해 알고 있기에 삶에 더 큰 의미를 둠으로써 생을 극복하듯, 우리의 인식은 망각에 대한 이해를 통해 오는지도 모른다. 암기식 교육이 발달한 우리나라에선 특히 망각곡선에 대한 정리를 통해 도리어 효율적 암기를 모색하는 공부법이 유행할 정도니까. 어쨌거나 우리가 노트에 뭔가를 적어놓는 것은 그것을 알아두거나 좀 더 확실히 인지하기 위해서이고 그것은 당연하게도 갓 새롭게 배운 정보를 잊지 않기 위해서임이 자명해 보인다. 그런데 반대로 해석하면 이렇다. 우리는 새로운 무언가를 접했을 때 그것을 절대 다 기억하지 못한다는 것을 알고 있다. 그렇기 때문에 메모의 힘을 빌려 그때의 정보를 노트에 의탁해 놓고 나중에 다시 그것을 떠올릴 수 있게 하기 위해 적는다. 즉, 더 잘 잊어버리기 위해 적는 것이다. 노트는 기억하고픈 욕망과 잊고 싶은 욕망의 대척점에 있는 사물이자 또한 기억과 망각이 합해져 대상화된 사물이다. 우리는 효과적으로 인식해야 성장하고 효과적으로 잊을 수 있어야 버틸 수 있다.

버틴다는 것은 살아낸다는 말과 같은 맥락에 있다. 이전 세대보다 몇 갑절은 많은 정보를 접하고 사는 작금의 사람들에게도 정보란 이제 관심을 끌거나 중요한 것이라기보다 넘치고 귀찮고 버겁고 믿을 수 없는 것에 불과해져 있다. 매일 아프면 그건 병이 아니게 되는 것처럼. 핵잠수함 한 척을 운용하기 위한 매뉴얼이 5천여 권이라는 얘기를 들었을 때, 나는 놀라움보다는 '거봐, 그러니까 세상이 더 고독해지지'라는 생각만 본능적으로 들었었다. 그래서 잠수함에 관한 시를 써본 적이 있고 그때 나는 건방지게 시의 서두에 "모든 것은 너무 많다"고 쓰기도 했다. 인간에게 사물은, 그리고 사물에게 인간은 귀찮고 버거워지는 쪽으로 달려가는 중이다. 미치지도, 쳐지지도 않기 위해서는 효과적으로 알아야 하고 효과적으로 잊어버려야 한다. 그저 버티기 위해 더 효율적인 망각을 준비하고 망각의 효율로 인해 다 함께 이룩한 고독을, 우리는 또다시 버텨갈 것이다. 처리한 일은 빨리 잊어야 하고 헤어진 당신은 빨리 보내야 하고 지나가 무가치해진 정보는 빨리 지워야 한다. 유행이 짧아지고, 유행어가 사라지고, 유행어처럼 당신이라는 수많은 이름이 기억의 능선을 넘는다. 우리는 노트에 '서글프다'고 피상적인 필기를 할 여유도 이유도 잃었지만, 모든 메모는 그래서 더욱 서글퍼지겠지. 가령 당신이 나와 만났던 일들과 내가 해준 일들을 모월 모일에 한 줄로 써놓고, 당신의 꿈과 욕망에 관한 일들에 대해서만 사진과 그림과 느낌표를 동원해 놓은 다이어리를 본 날, 당신에게서 내가 충분히 망각될 수 있다는 것과 내가 당신을 먼저 떠날 수도 있다는 것을 알았고 그런 것만큼 쓸쓸한 일들을 위해 우리는 새로운 망각을 준비하고 있다. 에빙하우스는 망각을 '인지'했을 뿐 슬픔은 정작 '망각'했겠지. 나처럼 뭔가를 쉽게 알지도 못하고 쉽게 잊는 건 더 못하는 이들이 자신은 이 시대에 어울리지 않는다고 생각하며 수없는 삶의 능선을 넘고 있다. 써놓으면 편히 잊을 수 있을 테니까. 언젠가 그리울 때 꺼내서 그때의 삐뚤어진 글씨체를 만지작거리며 잠깐만 추억하면 그만일 테니까.

영매(靈媒)

한자 중 부적 적(覿)이라는 글자가 있는데 '사람이 죽어서 된 귀신이 다시 죽는다'는 뜻이다. 귀신은 '기억'의 현현이고 그 귀신은 '망각'을 통해 다시 죽는 것이니 서로에게, 또는 자신의 추억에게 있어 망각만큼 슬픈 일은 없겠지. 효과적 망각을 위해 사는 것이 결국 효율적 소멸을 의미한다면 나는 이미 망각에 가까웠고 우리는 서로가 미리 떠나 있는 세계의 꿈일 뿐. 죽음마저 효율을 따져야 한다면 '너무 슬플 것 같아요'라고 모두가 말할 순 있겠지만 자신만큼은 효율적으로 떠나고 싶어 할 것이니 우리는 선의(善意)를 가져 슬프고 이기(利己)를 부려 복될 것이다. 나는 내 마지막이 효율적일진 모르겠지만 선의로 슬플 자신은 있으니 조금은 복될 것이라 자위(自慰)했다.

서재를 정리하다 매우 오래된 노트 몇 권을 발견했다. 나보다 훨씬 어린 어머니가 갓 시집을 왔을 때 썼던 일기장과 경찰관이 되기 전의 아버지가 법률과 정치사상을 공부하던 노트 등이 고스란히 보존되어 있었다. 부산에서 이사를 다섯 번, 서울에 올라와서 또 다섯 번을 했는데 아직도 그것들이 온전히 있다는 사실이 놀랍기도 했다. 내가 태어나기도 전인 1970년대의 부산 남부민동의 어느 연탄방에서 그들이 어떻게 살았는지를, 사십여 년 후의 내가 보고 있었다. 노트 속, 아무것도 모른 채 전후의 세상과 정면으로 부딪치던 그 젊은 부부에게 말을 걸어도 그저 그들은 조용한 필체들로 답할 뿐. 안경을 끼고 책을 보다 잠든 아버지에게 꿈이 더 잘 보이긴 하겠다며 책장 주름처럼 웃는 어머니를 보면서 나는 태어나기 전과 자라기 전의 옛 부산을 떠올렸다. 노트에 옮겨진 그들의 생각과 추억들은 어떻게 되었을까. 지금도 살아서 기억의 주인을 기다리고 있을까. 잊기 위해 쓸수록 더 기억나고 기억하기 위해 써도 망각을 이기지 못하는 인간의 삶을 온전히 이해하는, 착하고 무서운 사물이 귀신처럼 서재에 있다. 현재 이외엔 가진 게 없으면서 지향점은 미래에 두고, 사고는 회상의 구조를 갖는 인간이 두 가지 모두에게 휘둘리는 곳, 무심코 노트들을 오래 뒤적이던 나는 그 망각의 능선에서, 효율적 인지와 효율적 망각과는 별 관련 없는 삶 속에서 행복하게 길을 잃는다. 내가 그럼에도 글을 쓰는 가장 큰 이유가 여기 어디쯤에 꽂혀 있다.

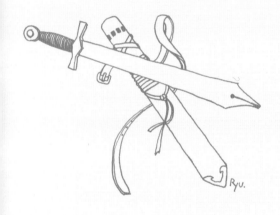

만년필

싱거운 로망

한창 시인이 되고 싶어 열심히 작품을 준비하던 시절의 내겐 작은 로망이 하나 있었다. 지금 생각해 보면 말을 꺼내기도 다소 민망하고 유치하긴 하지만, 등단해서 시인이 된다면 선물로 좋은 만년필 하나를 받아서 평생 간직하고 또한 그걸로 계속 내 글을 쓰는 그런 경험을 하고 싶다는 것이었다. 당시의 나는 운이 잘 따라주지 않았는지 함께 공부하던 문우들보다 등단이 어려웠는데 가장 여러 번 본심 최종심에 올라갔고 가장 마지막에 등단했다. 그간 내가 겪은 고배들만큼이나 시인이 되기 위한 준비기간도 오래 걸렸기에 문학을 공부하기로 결정했을 때부터 있었던 나 혼자만의 작은 꿈은 상당히 오랜 세월 동안 이루어지지 않았다.

　보통 사람의 삶에서 드라마나 영화처럼 극적이고 멋진 일은 사실 딱히 없다는 걸 모르는 바는 아니지만 나의 그 단순하고 드문 로망 역시 매우 무미건조하고 우스운 형태로 실현되었다. 나는 결국 신춘문예로 등단했고 그동안의 내 고생들을 함께 보아온 가족들과 문우들에게 축하를 받았었다. 또한 거의 대부분의 데뷔가 그렇듯 그것은 아무것도 아니었고 그 전과 후는 당연히 다를 게 없었다. 또한 아무도 내 마음속의 로망 따위를 알 리 없었고 꽤 오랫동안 아무도 그런 걸 주지 않았다. 나는 결국 분위기 좋을 때 아버지에게 나의 웃기는 작은 꿈에 대해 말씀드렸다. 당연하겠지만 아버지는 매우 싱거워하시며 찬장을 뒤져 예전 공직에 계실 때 지인에게 선물 받은 만년필을 꺼내 주셨다. "이거 꽤 좋은 것 같은데 너 가지려무나." 나는 감사히 받았고 그걸로 끝이었다. 나는 나의 싱거움을 통해서 그것을 실현한 셈이었다.

　그 이후 나는 아버지에게 받은 만년필을 늘 가지고

다니면서 거의 모든 메모와 필기를 그 펜으로만 했고 시도 때도 없이 컨버터에 잉크를 채워 넣었다. 마치 뭔가 부족한 의미 속에서 태어난 사물에 더 많은 의미를 부여하려는 듯이. 까만 레진 몸통에 금테가 둘러진 뚱뚱한 만년필. 펜촉만 멋있었지 특별한 부분도 없는 디자인인데다 전용 렌치가 없으면 분리도 힘든 그 필기구를 나는 아무렇게나 가지고 다녔다. 그러던 어느 날, 지금은 사라졌지만 예전에 열심히 문우들과 시를 공부하던 스터디 모임에 당시 선생님으로 한 번씩 오시던 어느 시인께서 내 만년필을 보고는 "상당히 좋은 걸 가지고 다닌다." 고 말해주셨고 나는 내 만년필이 어떤 거냐고 여쭈어보았다. 정확히 다 기억나지는 않지만 그는 필기구에 대해 일가견이 있었고 나는 약간의 설명을 들을 수 있었다. 그때 나는 그게 몽블랑 마이스터스튁 146 르그랑드 골드트림 모델이라는 사실과 몽블랑이 아주 유명한 메이커라는 것도 알게 되었다.

그 이후 나는 이 인생 최초의 만년필을 보면서 누군가 이걸 본다면 혹시 허영과 겉멋만 든 인간으로 여기지는 않을까? 하는 생각과 이런 걸 이렇게 함부로 들고 다니면 안 되는 거 아닌가? 하는 소심한 생각을 하기도 했었다. 나는 딱 그때쯤 실수로 그 만년필의 클립을 휘어먹었고 다행히 AS센터를 방문해 수리를 했다. 나는 고쳐진 만년필을 완전히 분해하여 티끌 하나 없이 깨끗이 세척해 재조립한 후 한동안 포장을 해 서랍에 봉인해 두고 아꼈다. 물론 지금은 그런 바보 같은 짓을 하고 있지는 않지만 말이다.

　나는 당시 만년필이 가진 문화적 정취와 그에 대한 막연한 로망만 가지고 있었을 뿐, 정작 만년필이라는 물건에 대해서는 객관적으로 아는 게 아무것도 없었다. 그런 일들을 생각해 보면 참 부끄러운 것들이 많았다. 그래서 결국 나는 펜을 사용하려면 펜에 대해 공부하고 시계를 차고 다니려면 시계에 대해 공부하는 등의 강박적인 기벽이 생기게 되었는데 만년필은 내 그런 버릇의 시초가 되었다. 그리고 나는 내 기벽도 만년필도 모두 사랑하게 되었다.

호불호 없는 선물

아버지에게 몽블랑 르그랑드를 받은 이후, 감사하게도 만년필을 몇 번 더 선물 받은 일이 있었다. 소중한 지인에게 생일선물로 받기도 했고, 선배 시인에게 박사 논문 통과 기념으로 받기도 했고 내가 시인이라는 것을 존중하던 직장 상사에게 내 이름이 각인된 것을 받기도 했다. 그러다보니 내 의도와는 무관하게 정말 좋은 만년필 몇 개가 모였고 지금도 이것들을 만지작거릴 때마다 항상 행복을 느낀다. 나는 사실 수집 같은 일에는 취미가 없고 실제 사용하지 않는 물건을 컬렉션으로 재어둘 만큼의 여유는 갖고 있지 못하다. 하지만 만년필이라면 아무리 많더라도 좋을 것 같긴 한데, 이런 생각에는 이유가 있다.

그리 많지는 않지만, 세상에는 남녀노소를 불문하고 그 누구에게 주어도 호불호가 없이 행복해하고 기뻐할 만한 선물이 있다. 나는 만년필이 그중 하나라고 생각한다. 쓰는 행위는 생각에서 기원하고 생각을 하지 않

만년필

는 사람은 없으니 좋은 필기구를 선물한다는 것은 곧 그 사람의 사유를 존중한다는 의미도 될 수 있을 것이다. 그리고 뭔가를 기록한다는 행위에 의미를 부여해 준다는 것은 그의 세계와 그 개진에 대한 응원이자 격을 올리는 일이 되기도 한다.

만년필은 잉크가 떨어지면 버리는 다른 필기구와 달리 재충전해서 계속 사용하는 것이기에 '만년필'이라 불린다. 그래서 값싸고 잘 써지는 필기구가 넘쳐나는 요즘 세상의 정서와 사뭇 다른 정서를 갖는다. 당연히 상대적으로 구조가 복잡하고 사용하기도 번거롭다. 손에 쥘 때 한 방향으로만 잡아야 필기를 할 수 있으며 잉크가 새서 손이나 종이를 버릴 수도 있는 데다 자주 컨버터와 펜촉 모듈을 분리해 세척해 주어야 한다. 물건의 특성상 아주 예민하고 정교한 편이기 때문에 아주 찬 물이나 뜨거운 물로 씻는 것도 좋지 않다. 떨어뜨리면 십중팔구 촉이 망가져버리며 컨버터도 자주 탈착하면 헐거워져 부품을 가끔은 갈아야 한다. 어찌 보면 시대착오

적이면서도 성가신 필기구라 할 수 있다. 그러나 바로 그 점이 도리어 쓰는 사람에게도 주는 사람에게도 의미를 갖게 한다. 받은 사람은 언제고 몸에 간직하고 다니며 꾸준히 사용하고 관리함으로써 준 사람에게 보람과 뿌듯함을 준다. 준 사람은 언제나 곁에서 자신만의 값진 글을 쓸 수 있게 돕는 물건을 줌으로써 받는 사람에게 가격을 매길 수 없는 가치를 선물할 수 있다. 나는 그런 생각 때문에 몇 안 되지만 내가 받은 모든 만년필을 돌려가며 아끼지 않고 사용하고 있다. 그분들이 글 쓰는 일을 업으로 하는 내게 펜을 선물했을 때의 마음을 생각해 보면 잉크를 채우고, 메모와 필기를 하고, 분해하고 세척하고 펜촉을 관리하는 일은 번거로움이 아니라 감사와 즐거움이 되기 때문이다. 지금도 내게 잉크가 바닥난 만년필을 분해 세척하는 일은 즐거운 일이며 그 사실은 늘 변함이 없다.

니토베 이나조의 '부시도(武士道)'에 나오는 말을 보면 옛 사무라이들이 자신의 무구(창, 칼, 활 등)를 손질하고 보수하는 일은 그들에게 여흥이었다는 내용이 나온다. 글을 쓰는 사람에게 필기구는 곧 자신의 무구와 같으니, 그 감성적 측면은 이와 흡사할 것이다. 그러다 그분들이 준 선물로 혹여나 내가 아주 아름다운 사유나 문장을 한 줄이라도 쓸 수 있게 된다면 그 의미는 몇 갑절로 커질 것이고, 서로에게 우리는 어떤 사물을 통해 커다란 의미를 공유하게 된다. 무사의 검이 단순히 열처리해서 날을 세운 쇳덩이 흉기에 불과하지 않을 수 있는 것은 그것이 자신과 타인의 목숨과 관련해 있는 특별한 사물이기 때문이었다. 이와 같이, 만년필의 의미는 바로 글쓰기라는 인간의 사유 행위와 직결해 있다. 즉 내가 그들에게 받은 것은 잉크를 채워서 계속 쓰는 번거로운 필기구 하나가 아니라 내 사유와 세계의 영속에 대한 기원이다. 나는 만년필이라는 사물에 대해 그렇게 이해한다.

자성의 기호

아주 오래전부터 현대의 문학인, 문필가, 기자 등 장

르를 불문하고 글 쓰는 일을 업으로 하는 사람이나 조직, 혹은 그 행위에 대한 은유로서 대표적인 기호가 되어온 것도 만년필이다. 실제로 각종 문인협회 등 집필 행위와 관련한 단체나 조직들의 엠블럼들은 대부분 펜촉 형상을 하고 있고 이는 당연한 일로 받아들이고 있다. 현대전에서는 이미 창검(槍劍)을 사용하지 않게 된지 오래되었지만 군내의 사단·군단급 부대의 문장에 검의 형상이 많이 들어가 있는 것과 같이, 현대의 문필가들은 모두 컴퓨터로 글을 쓰지만 집필 행위의 역사적·상징적 기호로서는 펜촉의 형상이 대표적으로 오랜 세월에 걸쳐 굳어진 것이다. 즉 펜은 문(文)의 아이콘이자 픽토그램인데, 이 펜촉의 형상은 당연히 만년필의 그것이다. 그렇다보니, 문필 행위가 생업인 사람이거나 자신의 글에 자신의 혼과 자존심을 담는 행위를 하는 사람이 만년필에 대해 애착을 갖는다는 건 어찌 보면 지극히 자연스러운 일인지도 모른다.

그러나 펜(만년필)의 기호적 위치가 이렇다보니 문

필 행위가 가진 가치나 힘에 대해 잘못된 이해를 돕는 일들에도 만년필은 상징적 일조를 하고 있기도 하다. 가령 '펜은 칼보다 강하다'와 같은 문장과 그 문장이 주는 인식이 그렇다. 여기서 펜이 잘못한 것은 없지만 '문'에 대한 잘못된 인식마저 만년필이 상징적으로 대변하고 있는 것도 사실이다. 비슷한 예를 들자면, 흔히 알려진 고전 문장 중 가장 많은 오해를 조장하는 내용으로서 노자도덕경의 '부드러움이 강함을 이긴다'와 같은 말이 있다. 여기엔 사실 '둘 다 강할 때'라는 앞의 전제가 생략되어 있다. 강함과 부드러움을 모두 가졌을 때만이 강함을 이길 수 있는 것이 진실이며 힘이 없는 부드러움은 그저 약자일 뿐이다. 역사적으로 실제로 칼보다 펜이 강함을 보인 사건은 드물었고 실제로 펜이 칼보다 강할 리도, 강할 수도 없다. 무력 이상으로 펜이 강하려면 펜을 든 사람이 그 누구보다 자기 자신과 타자 모두에게 가져야 할 진실성과 그 사유의 치열함을 보여야 한다는 지적인 전제가 동반되어야 옳다. 검술을 모르는 사람이 칼을 들어보아야 그 강함을 제대로 알지 못하듯,

펜 또한 치열한 진실과 맞닥뜨릴 강인한 영혼과 깊은 지적 기반이 전제되어야 함은 말할 필요도 없을 것이다. 그런 의미에서 '펜은 칼보다 강하다'는 말은 '법의 이상은 법의 소멸'과 같이 우리 인간의 사유와 인식이 도달해야 할 이상향을 소망하고자 하는 부르짖음에 가깝다. 지금처럼 진실 없는 기사와 사유 없는 작품, 반성 없는 글들이 난무하는 세상에서 펜은 더더욱 힘을 잃고 있으니, 지금은 역사상 문이 가장 무력할 때인지도 모른다. 그래서 만년필은 그나마 바른 소리를 위해 노력하던 언론과, 시대정신으로 몸을 던지는 문학이 있었던 때에 대한 향수이자 추억의 역할도 갖는 듯하다. 나는 글을 오래 쓰지도 못했고 한참 부족하지만 글을 업으로 삼기로 한 이상 늘 자성의 마음을 가지고 있다. 문학이 아름답고 매력 있고 강할 수 있는 이유는 최소한 자기 자신에게는 솔직할 수 있기 때문이 아닐까 생각한다. 그런 의미에서 만년필은 오랜 기호로서 컴퓨터 이전 시대가 가졌던, 더 치열하고 진실된 의식을 종용하기도 한다. 알고 보면 칼과 펜은 반대이면서도 인간의 어떤 '의지'를 표상하는 사물이라는 점에서는 맥락을 같이하고 그 맥락의 기원 또한 흡사하다. 무는 본질을 잃고 문은 신뢰를 잃은 시대, 그 두 사물이 서로 상대를 닮으려 한다면 정말 멋질 거라는 생각도 해본다.

의미의 곁에서

그때의 나이든, 지금의 나이든, 혹은 우리 모두이든 글을 쓴다는 것에 대한 진정한 의미를 알 순 없을 것이다. 하지만 글 쓰는 사람이 필기구를 좋아하는 일에 대해서, 어쨌거나 나는 문학에 대한 깊은 존중과 남다른 의미화에 대한 심증 같은 것이라 생각하고 있다. 큰 기업 대표가 큰 계약을 따낸 후 그 계약서에 사인하는 일을 의전(儀典)화할 때 아무 필기구나 사용하지 않는 것이나, 요리사가 최고의 음식을 만들 때 자신이 가진 가장 좋은 칼을 사용하는 것과 같은 맥락선상에서 말이다. 이는 분명 종교도 아니고 신앙도 아니지만 어떤 기복(祈福)의 의미임은 분명하다. 물론 무당이 큰 신을 받을 수 있다면 방울과 장구가 어떤 품질이건 무슨 상관이겠냐고 검소하게 생각하는 이도 많이 있을 것이다. 그러나 사람이 자신의 어떤 행위에 대한 고결함과 무거움을 생각하고 그에 진지하게 임할 때 그 행위를 위해 사용하는 사물에 또한 깊은 의미를 두고자 함은 예로부터 실행자에게 있어 오랜 보람이자 행복이었다. 이런 측면의 물신은 진정한 의미에서의 '문화'라고 불러도 좋을 것이다. 문화는 다름 아닌 '의미화'이고, 그렇게 생성된 의미가 곧 문화이기 때문이다. 이쯤 되면 우리 인간의 기복과 염원들은 종교적 믿음에서 왔고 그 믿음은 물신을 통해 발현되며 그는 늘 우리 곁에 함께 있다는 것을 알 수 있다. 그런 진실을 가르쳐주는 사물 하나가 우리 곁에서 우리 스스로를 쓰도록 독려하고 있다.

만년필은 우리의 사유와 실존 사이에서, 그 양쪽의 손을 꼭 쥐고 더 격이 있는 쪽으로 걸음을 옮기는 양가 공생적 사물의 위치에 있다. 잉크를 머금고, 또한 영원한 지적 사유와 문화의 직유와 은유로서 언제나 곁에 있다.

도
장

경첩 속

지인이 얘기 중에 어떤 물건을 보여준 적이 있다. 그것은 본인 아버지의 유품이자 생전 그의 인감도장이었다. 도장 손잡이 윗부분에는 다 닳은 구멍이 뚫려 있었는데, 그가 물려받은 약간의 토지재산을 노리고 형제들이 기회를 엿보아 왔던 데다 그것 때문에 자기들끼리 싸우는 모습까지 보아왔기에 항상 열쇠고리에 끼워 소지하고 다니신 흔적이라고 했다. 주인이 세상을 떠난 이후엔 아무 쓸모도 없어진 그 작은 사물 하나가 온 집안과 혈연의 관계를 흔들어 왔던 셈이다. 그는 세상의 마지막 모습 앞에서 어떤 생각이 먼저 들었을까. 그는 무엇을 위해 살았을까. 그 이전에 우리는 무엇 때문에만 사는 걸까. '무엇'은 과연 의미가 있을까. '무엇'은 무엇인가. 이런 꼬리를 무는 의문들 속에서 그가 살아 있던 세상의 구멍 난 인감도장은 물성보다는 의미 쪽에 훨씬 가까이 있는 대상이었다. 이제 더 이상 쓸 수도, 쓸 일도 없게 된 아버지의 도장을 아직도 소중히 간직하고 있는 그에게 그 점은 지금도 마찬가지일 것이다.

사물이란 실존하지만 대상이 의미를 가진 이후에 성립하는 말이므로 이 또한 개념이다. 그렇다면 의미는 또한 개념이기 이전에 사물과 같은 방식으로 존재해야 옳을 것이다. 다시 말해 의미 또한 사물의 속성을 가지고 있다. 사물의 무게나 질감은 누구에게나 거의 동일하지만 그것이 어떤 의미를 가질 때는 동시에 전혀 다른 무게와 질감을 가진다. 우리는 우리가 인칭으로서 특별한 줄 알지만 각자의 이름을 가지고 있고 이름은 서로에게 의미의 무게를 달리한다는 점에서 우리는 사물의 일부이다. 단 각자에게 혹은 서로에게 갖는 자신의 의미를 스스로 만들어가고 서로를 조율시킨다는 점만 추가될

뿐이다. 즉 가능성을 가진 사물로서 우리의 이름은 목숨과 대개의 시간을 함께 가는 것이다. 내 이름은 나의 일부로 태어나고, 나는 내 이름의 일부로 살아간다. 그런 사실을 가르쳐주는 사물이 우리 곁에 있다. 이름은 나보다 늦게 태어나고 늦게 사라진다. 때로는 쉽게 사라지지 않기도 하고, 혹자들은 그러길 꿈꾸기도 한다. 그게 의미가 있는지는 아직 잘 모르겠지만, 우리는 잘 모르는 우리의 이름을 끊임없이 부르고 새긴다. 사라지지 않는 것의 의미와 사라지는 것의 의미, 혹은 의미의 사라짐, 의미로서의 삶과 삶이라는 의미, 그런 나쁜지도 좋은지도 모를 의문들을 가득 품은 채 어두운 경첩 속, 산 이름들을 맡아두는 사물이 있다.

어른의 물건

19년 전 수학능력시험을 준비하던 때, 태어나 처음으로 내 이름의 도장을 가졌던 것으로 기억한다. 정확히

도장

는 내가 마련한 게 아니라 학교에서 모든 고3에게 수험용 도장을 만들어준 것이었다. 그러니 도장과의 첫 만남이 그리 유쾌한 일은 아니었다. 그게 어떤 행정적 절차를 위한 것이었는지는 잘 기억나지 않는데, 그때 받은 내 첫 도장은 1500원짜리 플라스틱 막도장이었다. 지금도 시험을 위해 학생들 전원의 도장을 파는지는 모르지만 그때는 그랬다. 수능을 치고 나면 대학생이 되고, 대학생은 성인이니 당시 고등학생들에게 있어 성인이란 새로운 자유로의 기대치였다. 내가 그 도장을 지급받았을 땐, 수능을 망치면 어떻게 하나 하는 걱정을 잠깐 잊어버리고는 곧 진짜 어른이 된다는 것에 대해 막연히 상상해 본 적이 있었다. 아이가 태어나기 전에 부모나 조부모가 미리 이름을 지어놓듯, 도장이라는 사물은 마치 성인이 된 후의 나를 미리 준비해 주는 존재 같다는 생각을 했다.

　사람들은 어릴 때 대개 사물을 통해 어른이 된 자기 모습을 상상하는 경험을 한다. 아이들이 아버지의 무겁고 커다란 구두에 발을 넣어보고 그 삶의 무거움을 느껴 보기도 하고 엄마의 화장품을 한두 개 몰래 빼돌려 자기의 어린 얼굴에 그려보기도 하듯이. 하지만 2년 터울인 누나가 먼저 대학을 가는 것을 보고도 수능을 치는 순간까지 그런 상상을 딱히 해본 적이 없던 나는 어른이 된다는 것에 대해 그때 도장을 통해 처음 생각해 보았다. '어른'이라는 말의 이미지는 완전히 성장해서 하고 싶은 일을 마음껏 펼칠 수 있는 어떤 것이라기보다 자기 자신까지 모든 걸 떠안아야 하는 의미 쪽이었기 때문에, 사실 내게 성인이 되는 일은 그리 선망될 만한 것이 아니었다. 그래서 사실 나는 어른이 되는 일에 딱히 설렘도 없었고 오히려 회의적이었는데 나이가 충분히 든 지금까지도 그런 생각은 변함이 없다. 조금은 무섭기도 했다. 내가 나에게, 내가 내 이름에 책임을 진다는 것. 지금과 같이 당시 기대 이상으로 복잡하고 무거운 시대를 살게 될 거라는 상상을 한 건 아니었지만 그래도 그런 상상이 이미 유쾌한 것은 아니었으니까. 내 이름의 도장을 찍는 일은 내가 공문서에 직접 이름을 찍는다는 것은 그 일에 대해서 내 이름을 걸고 책임진다는 의미이니까. 세상에 어떤 의미로서든 '무게'라는 말을 반기는 사람은 별로 없을 테니까. 한번도 어른에 대해 구체적으로 생각해 본 적 없던 채 주어진 것만 하면 되는 줄 알았던 한 어린 영혼에게, 도장이란 꼼짝없이 성인이 되는 과정을 자성케 한 첫 번째 실재의 이름이자 이름의 실재였다.

로마인

윌리엄 와일러 감독의 명작 성서영화인 〈벤허〉의 한 장면을 떠올린다. 영화에선 주인공 유다 벤허의 옛 친구이자 원수인 멧살라가 시리아 거상인 일더림과 전차경주 우승을 놓고 상금을 거는 상황에서 자신의 도장반지를 찰흙판에 찍는 특이한 장면이 나온다. 성서시대에서도 도장이라는 물건에 대한 많은 기록을 볼 수 있다. 구약성경에서도 많은 구절에서 도장은 신분과 지위를 상징하는 지표로 사용되었다는 걸 알 수 있는데 권력

자의 도장이 찍힌 문서는 결코 그 내용이 변경될 수 없음을 나타낼 정도로 이름과 말의 중요성을 상기하게끔 하는 지표가 되었다. 도장은 반지 형태로 만들어 손가락에도 끼는 것으로, 때론 끈을 사용하여 목에 걸고 다니는 경우도 있었다고 한다. 특히 로마제국 시대에는 위 영화에서처럼 도장을 반지 형태로 만들어 평소 손가락에 끼고 다니는 형태가 유행했다고 하는데, 계약을 하는 등 서명을 할 일이 있을 때 찰흙판에 그것을 주먹으로 꾹 찍어 자신의 사인 대신으로 삼기에 좋았다. 사람에게 손이란 일을 하는 기관이니 그 사람의 모든 행적의 시발점이고 또한 그곳에 본인의 이름과 정체성이 항상 걸려 있는 셈이었다. 손끝에 걸린 이름, 그것은 삶에 주는 무게가 너무 가벼워도, 너무 무거워도 모두 문제가 되는 봇짐이었다. 또한 그 점이 곧 가장 무거운 문제임을 어른이 되어서야 알게 되었지만, 나는 덜 굳어 물렁한 찰흙판에 주먹으로 도장 반지를 꾹 누르는 그때의 감촉은 분명 좋은 느낌이었을 거라 생각한다. 찰흙판은 약속이 되고 도장의 이름은 책임이 되며 그들은 존재도 개념도 넘어선 하나의 물성이 된다. 나는 지금도 도장들에 새겨진 이름의 조형미나 그 사물로서의 질감 등과, 도장을 찍는 그 순간의 느낌을 잘 구별하지 못한다. 도장이라는 이름은 그런 기능을 하는 사물이기도 그것을 찍는 순간의 느낌과 무게와 감촉이기도 하다는 생각, 그냥 그 모든 것을 뭉뚱그려 도장이라고 부를 때 사물과, 사물의 이름과 이름을 위한 사물과 우리의 이름들이 모두 생명력을 갖는 것이라고 생각했던 나는 대학을 가기 위해 로마인의 감정으로 플라스틱 도장을 찍었다.

책임의 예술

나도 전각을 배운 적이 있었다. 이 얘기를 하자면 캘리그래피 얘기가 빠질 수가 없는데, 한창 캘리그래피를 배우던 때의 일이다. 캘리를 배우게 된 데에는 예부터 동네 소문난 악필이어서 그걸 고치고 싶은 이유 같은 게 없었다곤 할 수 없지만, 근본적으로는 현대에 문학을 함에 있어서는 시각예술과의 어떤 접점에 대한 고민이 필요하다는 생각이 있었기 때문이다. 다만 지금은 정말 너무나 많은 사람에게 보급되어 있어, 매력적이긴 하지만 이제 그리 특별한 콘텐츠는 아니어서 옛날처럼 자주 연습하진 않는다.

캘리그래피는 일단 서예의 이론을 기반으로 시작하기 때문에 서예와 정반대의 노선을 감에도 불구하고 많은 부분에서 유사점이 있다. 그래서 상급 정도까지 배우면 전각을 파는 걸 배울 수 있는데, 전각을 해보면 자신의 이름과 그 고유의 정체성을 여러 가지의 문자매체나 회화적 형태 등으로 형상화하고 표현할 수 있다. 글을 쓰는 행위와 달리 전각은 판화의 예술성을 도장의 정체성으로 옮긴 형태 같아서 그 특유의 흉내 못 낼 특성이 있다. 말하자면 문학을 하는 사람이 자신의 글로 자신을 응축 혹은 확장의 형태로 표현하려 하듯이 전각은 자신의 무늬로 자신의 세계를 축약 혹은 복제의 형태로 보여줄 수 있다는 점에서 유사한 맥락을 갖는 것이다. 단 철저하게 시각예술이고 문자매체에 구애받지 않는다는

도장

자유성과 한번 판 개개의 전각은 그걸로 영원히 간다는 매력적 한계가 있기도 하다. 깨뜨리지 않는 다음에야 나보다 더 오래 사는 내 이름의 가능성을 만드는 즐거움이 있다는 데서 전통적이고 예술적이며, 공문서에 날인하는 용도가 아니라 개인의 자유로운 예술적 표현에 부가하는 나의 정체성에 가깝다는 점에서 전위적이고 독보적이다.

그러나 어떤 것에 대한 책임이라는 점에서 전각이 도장의 범주임은 명확하다. 내가 쓴 글씨나 내가 그린 그림에 내 전각이 들어간다는 것은 내가 나의 목소리를 보여주는 것임과 동시에 나의 세계에 대해 내가 책임을 지겠다는 의미이기도 하기 때문이다. 도장은 어디건 무엇이건 책임이 뒤따를 때만이 자유가 있다는 것을 가르쳐준다면, 전각은 개인의 자유로운 예술세계 표현 또한 작자의 이름이 걸린 책임이 따라야 진정한 예술성이 완성된다는 의미를 가르쳐주는 듯하다. 캘리그래피는 활자의 회화화이고 전각 또한 그렇듯이, 나는 이제 다만 회화를 그리듯 내 글의 색채와 형상을 고민하고 전각을 찍듯 내 세계 개진에 책임을 지려는 태도를 담지할 뿐, 그것이 문자와 회화의 예술적 간격을 줄일 방법이라면 방법이겠지. 나는 그것을 도장에게서, 전각에게서 배웠고 아직은 그것이 가장 근사치의 답안이라고 생각하고 있다.

소망의 물신

알고 보면 인간의 사물들에서 개인의 바람이나 어떤 일의 의미화 같은 정서에 관련해 물신의 극치를 볼 수 있는 경우가 매우 많다. 보석이 그걸 걸친 사람을 의미화하듯, 도장은 그 이름의 새김을 의미화한다. 수많은 사람이 자신의 인감도장이나 사업자 도장 등을 보석이나 상아 등 고귀한 소재로 가공해 아름답게 만들어 가지고 있는 이유는, 사실 우리가 우리의 이름보다 하위개념으로 존재한다는 것을 은연중에 깨닫고 있기 때문이 아닐까. 꼭 모든 이들이 청금석이나 수정, 상아 같은 걸로 된 멋진 도장을 갖고 있진 못하겠지만 사람과 사물의 관

도장

계가 의미라는 존재성을 통해 불가피하게 묶여 있음을 이해한다면 그런 게 꼭 사치로 형용될 필요는 없을 것 같다. 좋은 도장을 갖게 된다고 자존감이 높아지는 것은 아니겠지만 하는 일이 잘 풀리기 위해 기복 혹은 공양의 기운을 담을 수 있다면, 또한 자신의 일에 좀 더 값진 의미를 부여할 수 있다면 그 소망을 실행하지 않으려는 사람은 드물 것이기 때문이다.

문학에 대해 끊임없이 고민하고 공부하는 지금에도, 내가 나의 이름에서 자유로울 수 없을 때 진정한 나의 자유가 완성된다는 점은 꽤 무거운 메시지로 남아 있다. 그런 사유를 도장 앞에서 처음으로 해보았다. 아직까지 서랍 속에 남아 있던 플라스틱 막도장을 바라보면서, 나는 내 과거의 이름과 현재 이름의 질량에 대해 상상한다. 고등학교 때부터 내게 어른을 미리 준비시켰고, 이름의 무게에 대해 가르쳐주었던 이 딱딱하고 작은 사물은 경첩 속에서 오늘도 수많은 이름과 자유의 중량을 떠받치고 있다.

도장

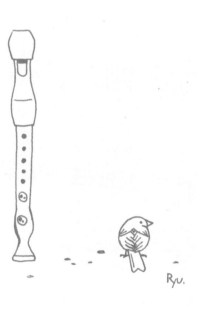

Ryu.

악
기

육화된 존재성

문득 생각해 본다. 인간이 가진 문화의 기반에 음악이라는 것이 있다는 사실과 그러므로 음악 자체만을 위한 사물이 있다는 것이 얼마나 큰 의미인지에 대해서. 그 말은 결국 어떤 음악이 만들어졌다면 그 음악을 내어놓은 사물이 있다는 것이고 그 사물이 곧 음악은 아니면서도 어떤 음악적 가능성을 표상하고 있다는 것이다. "우리가 어떻게 춤추는 사람을 춤으로부터 구별할 수 있는가?(윌리엄 버틀러 예이츠, 〈학교 아이들 사이에서〉)"라는 말과 같이, 우리는 음악을 재생하는 장치와 음악을 구별할 순 있지만 음악을 연주하는 사람과 음악을 구별하기는 쉽지 않은 일이다. 음악은 소리의 춤이면서 연주

악기

자가 음성 중심의 공감각으로 보여주는 존재성의 세계이다. 그것은 대개의 인간과 악기를 통해서 존재하고 악기는 그렇게 태어난 음악을 통해 생명과 가치를 확인받으므로, 악기는 음악처럼 존재성만 갖는 사물과 존재하는 사물의 중간쯤에 있는 대상이다. 존재보다 존재성에 가까워지려는 사물, 그것은 음악을 통해 끊임없이 자기 존재 이후를 꿈꾸던 이들이 이룩한 예술적 물성의 육화(肉化)이며, 그러므로 우리 곁에는 존재 쪽보다 그 이후의 형질 쪽에 기울어져 있는 기묘한 대상이 있다. 우리는 그런 것들을 통틀어 악기라 부른다.

플라스틱 유기견

가끔 꿈에서 들린다. 자신감 없이 떨리면서도 비교적 또박또박한 피리소리. 아파트 층간소음에 한창 예민하던 시절부터 그 소리는 오래전 헤어진 강아지의 혼백처럼 책가방을 멘 채 내 주변을 서성이고 있다. '전인교육'이라는 일본식 단어가 학부모, 혹은 선생이라는 말 사이에서 역병처럼 유행했던 시절, 그와 비슷한 맥락상에서 '1인 1악기 시대'라는 말이 있었다. 이것이 상기의 몰인문적 교육정책의 열풍 속에서 국민의 문화적 교양을 권고하기 위해 나온 자정작용 차원의 발언인지, 교육용 악기 제조업체가 당시 정부시책의 흐름을 타고 매상을 올리기 위해 퍼뜨린 유언비어인지는 알 수 없다. 어찌 됐든 그 시대적 방침에는 수혜자가 된 이들도, 피해자가 된 이들도 있었고 그 말의 본의대로 어디든 조예가 있는 사람도 잘하는 사람도 생겼지만 어떤 가치를 '진심으로 이해한다'는 개념을 이해하는 사람은 점점 사라져 갔다. 그때의 우리는 사랑도 교육받고 교양도 교육받았고 문화도 교육받았을 뿐, 그게 이해나 갖춤이나 향유의 대상이라는 사실을 알지 못한 채 오선지 위의 〈섬집아기〉와 〈고향의 봄〉 등을 보면서 작은 플라스틱 악기구멍들을 열고 막았다. 나는 진심으로 음악이 하고 싶은 아이들 중 하나인 채로 누구를 위해서든 음악을 하면 곤란해져야 하는 분위기와 현실을 너무 일찍 보았던 것 같다. 새로 옮겨질 이삿짐 속에서 아무도 몰래 음악의 꿈을 리코더 파우치 속에 돌돌 말아서 버렸던 나는 그 덕에 더욱 곤란한 전공을 갖게 되었다. 물론 어느 쪽이든 생이란 건 원천적으로 곤란할 것이고 교육이든 문화이든 내 삶을 이해를 위한 쪽으로 고민할 기회를 얻었으니 그걸 후회하진 않는다. 어떤 것이든 꿈이란 가족 앞에서 버리는 것보다 몰래 버리는 쪽이 편하긴 했지만 그것은 늘 살아 있는 것 같아 총명한 유기견처럼 자꾸 찾아온다는 문제가 있었다. 문을 열어줄 수 없는 발소리 속에서, 수없이 많은 리코더가 전인교육의 이름 아래 악기로 태어나 교재로 폐기되는 것을 보았고 그것은 수십 년이 지난 지금도 변함이 없다. 나는 그때 이미 리코더에 운지법에 따라 '바로크'식과 '저먼'식 두 가지가 있다는 것을 알고 있었지만 그것은 기말고사 범위 밖의 암기 공부만큼이나 쓸모없는 것이었다. 내게 음악이란 그 사물과 인칭의 쓸모없는 기질 속에서 가능성과 존재성을 쥔 채 악기 속에 꿈틀대는 청각적 사유였다. 물론 나는 아직도 내가 버린 그 유기견을 사랑한다.

청각의 빈자리

　　프랑스 사람들은 성공한 인생의 3대 조건을 오래전부터 이렇게 정리해 왔다 한다. 첫째로 자기가 좋아하는 일을 직업으로 갖는 것, 둘째로 어떤 말이든 다 털어놓고 할 수 있는 친구가 있을 것, 셋째로 잘 다룰 수 있는 악기가 한 가지는 있을 것. 나는 이 이야기를 접했을 때 두 가지 사실을 알았다. 하나는 돈과 권력 등 대부분의 사람들이 좇는 가치들은 성공과 관련이 없는 게 이미 선험적 삶들을 통해 증명되었다는 것, 또 하나는 즐거운 삶을 산다는 것은 성취될 수 있는 것이 아니라 끊임없는 노력 속에서만 감지될 수 있는 연속성이라는 것이다. 고등학교 시절, 좋은 대학을 들어갈 만큼 공부를 잘하지도, 진학을 포기할 만큼 못하지도 않았던 나는 서울로 먼저 떠난 가족들을 생각하며 늘 재회 여부의 불안함 속에서 시간을 보냈다. 생의 가장 불안한 옹이구멍이던 미성년. 몇 주에 한 번씩 외출을 허락받고 돌아가시기 전의 외할머니에게 가끔 다녀오는 게 세상구경의 전부

였던 나는 이런 현실과 생각들 속에서 전인교육의 그늘을 어떻게든 즐거운 쪽으로 틀어볼 방법을 강구했었다. 선생이 보아도, 부모가 보아도, 자신들이 보아도 출구가 없는 아이들. 체념을 겪든 체념을 모르든 출구 없는 곳에서 우리는 한번 들끓어보지도 못한 채 어른이 되어갔고 그런 것이 억울한 일인지도 몰랐고 대부분 모르는 편이 더 나았다. 1990년대는 우리나라 대중문화가 역사상 가장 꽃핀 시대였는데, 과연 그렇다는 생각은 모두가 동의할 정도로 압도적이었다. 당시 학생들은 본 조비, 메탈리카 등의 이름만 들어도 심장이 고동칠 정도였고 오아시스 등의 브릿팝부터 각종 프로그레시브까지 본격적인 서구음악이 널리 보급된 때였다. 그뿐 아니라 국내 아티스트들도 대중음악 역사상 크게 이름을 날리는 대부분의 사람들이 태동한 때였다. 이런 시기가 겹친 데다 제도와 교육의 이름이 어린 우리에게 시각적 인지의 대부분을 빼앗아갔으니 청각적 발현이 당시의 거의 유일한 위로가 되는 건 우리들의 개성이 아니라 시대적 수순에 가까운 원리였다. 기숙사에서 틈만 나면 새까맣게 반

짝이는 깁슨 일렉트릭 기타를 만지작거리던 급우를 떠올리면서, 당시엔 그런 게 공부를 위해선 쓸모없어 보였지만 나는 그런 것이 옳다고 생각했다. 그 덕에 현재 돈은 안 되더라도 직업적으로 좋아하는 일을 하고 있는 데다, 잘하지는 못하더라도 나 또한 하고 싶은 악기를 결국 하나쯤 할 수 있었기 때문이다. 가령 미국사회의 부자들은 골프경기를 시청하지 않고 자기가 프로골퍼들과 골프를 친다. 자동차경기를 관람하지 않고 자기가 선수들과 트랙을 달린다. 음악을 듣기보다 자기가 연주한다는 것은 그런 풍요로움과 관련이 있으니 이미 나와 그급우는 어떤 면에서 그것만으로도 성공한 인생일 수 있었다. 악기를 쥔다는 것은 내가 좋아하는 음악에 내 방식에 의한 확장 가능성을 가져오고, 펜을 든다는 것은 내 방식의 세계에 대한 나의 확장 가능성을 가져오는 것이다. 우리는 우리가 뺏기지 않은 청각의 잔여를 그런 식으로 지키고자 했던 것 같다. 그러므로 당시부터 내게 문학은 품속에 있는 마지막 무기였고 음악은 도망칠 수도 숨을 수도 있는 샛길이었다. 물론 자기 내면에게 좀

악기

더 솔직하게 살려던 결과란 가혹한 것이고 여기는 프랑스도, 그 비슷한 곳도 아니지만 말이다. 행복하든 행복하지 못하든 우리는 행복에 조금씩 가까워져야 옳은 것이다. 그런 의미에서 악기는 교육과 같은 맥락, 반대의 맥락 모두에 함께하고 있었다.

추억의 편에서

카세트테이프가 음악시장의 주된 매체이던 시절, 음반을 사서 워크맨에 끼우고 음악을 듣는 것이 모든 학생들의 몇 안 되는 즐거움이었던 시절, 나는 케니지의 음악에 빠져 있었다. 누나가 어느 날 구해온 《광고음악 모음집》이라는 카세트를 듣다 어느 유명 청바지 메이커의 광고음악으로 사용된 곡을 듣고 나는 전율했었다. 음악적 소양도 없이 몇몇 국내 가요밖에 아는 것이 없던 시절, 그의 앨범을 찾기 위해 나는 처음으로 음반가게를 기웃거리기도 했다. 결국 찾아낸 그 곡의 정체는 그의 네 번째 정규앨범인 《Montage》에 처음 수록되었던 〈Going Home〉이었는데 나는 지금까지도 그 음악을 듣고 있다. 그 이후로 나는 케니지의 모든 음반을 하나씩 하나씩 구입했고 그중 《Breathless》라는 그의 최고 앨범을 알게 되면서 거의 고등학교 시절을 그 앨범과 함께 보냈다. 불안한 시절 속 불안한 나이였다. 아무도 불안해 보이지 않았고 그것마저 나는 불안했었다. 그중 무엇이 가장 불안한지 모르던 나는 부산으로 가는 고속버스 속에서 모든 불안함과 불안의 모든 것들을 〈Sentimental〉이라는 곡으로 쓰다듬고 있었다. 때가 아니라고 생각했고 지금도 때가 아니라고 생각한 덕에, 결국 나는 색소폰을 배우기로 했고 악기를 샀고 팔았다 다시 구했고 또 팔고 다시 구하기를 반복했다. 그러다 이제는 내가 악기를 만지든 안 만지든, 지금은 악기 하나와 생을 함께하고 있다. 내가 음악을 할 줄 알든 잘 못하든, 내가 음악과 구분되지 않는 순간이 있다면, 행복에 가까울 수 있을 것 같았기 때문이다. 그때부터 나는 음악을 연주하는 사람과 음악을 좀 더 구체적으로 구분할

악기

수 없게 되었고 구분되는 삶보다는 좀 더 행복에 가까워 졌다고 생각한다.

케니지의 음악은 여타 재즈들과 여러 면에서 다르 다. 장르를 불문하되 그는 팝 뮤지션에 가까워 보이지만, 물론 결국은 재즈 연주자일 것이다. 그러나 편의상 굳이 장르로 칼질하는 만행을 해보자면, 흔히 컨템퍼러리 재 즈라고 해서 팝과 프로그레시브, 그리고 어떤 면으로는 뉴에이지 음악의 속성에까지도 걸쳐 있는 독자적 스타 일의 음악이라 할 수 있다. 끈적하고 자유로운 올드 재 즈보다 쉽고 대중적인 스타일이라고 보면 편할 것이다. 그 점이 순수예술적 음악애호가들에게 끊임없이 외면과 공격을 받는 요인이 되기도 하지만 타 장르나마 예술을 하는 사람의 입장에서 즐기기만을 위한 음악마저 반드 시 난해하고 심각해야 할 필요는 없다는 내 생각은 변함 이 없다. 복학생 때 내가 잠깐 사랑했던 음악 선생은 고 전음악 피아노 전공자였는데, 졸업연주로 스트라빈스키 를 치던 그녀는 노래방에서 송대관의 〈네박자〉를 즐겨 부른다고 했다. 예기(禮記)의 '대악필이(大樂必易)'라는 말을 그냥 넘길 수 없는 이유는 많겠지만, 어쨌거나 나는 '필이'도 '대악'도 아직은 상대성이라는 생각을 가지고 있다. 견해가 일천하던 때부터 좋아하던 가치, 그것은 무엇이든 곧 자신에게 추억이자 습관이 되므로 그 오랜 애정을 거두기는 쉽지 않았다. 내게 게니지는 그런 점에서 추억이었고 음악적 견해의 시작이었다. 물론 〈네박자〉와 〈Sentimental〉을 비교하기는 무리겠지만 말이다. 나는 그 오랜 애정과 나를 뗄 수 없게끔 하고 싶었기에, 결국 힘겹게 구한 내 마지막 소프라노 색소폰인 셀마 마크6 모델을 끝까지 데리고 있다. 음악과, 행복과, 추억과, 내 빈 자리를 공유할 수 있는 대상이 인칭일 수 있다면 좋기도 하겠지만, 사물이 그 자리를 대신할 수도 있는 것이라는 진실을 악기는 가르쳐주었다.

목소리의 검(劍)

색소폰의 특성은 사람의 육성에 가장 가까운 악기

악기

라는 것이다. 현악기 중에선 첼로가 가장 육성에 가깝다고 한다. 사람의 몸을 악기로 사용하는 것을 노래라고 하고 악기만을 사용하는 것을 경음악이라고 특정했을 때, 이런 특성을 가진 악기로 연주된 경음악을 들으면 노래와 경음악의 경계가 무너지는 걸 느낄 수 있다. 이는 나아가 가사, 즉 말과 음악이 가진 청각 정서의 경계도 희미해지게끔 한다. 내가 악기에 관해 인칭의 수준으로 물신성을 생각할 수 있었던 것도 그런 경우에서 기인한지도 모른다. 가브리엘 포레의 〈Sicilienne〉나 장 필립 오댕의 〈Toute Une Vie(일생)〉를 듣다가 콧소리로 흥얼거리는 자신의 소리를 발견할 때, 우리는 우리에게 내재하는 악기의 사물성과 그 기원을 발견하고 악기에 내재한 인간의 정서적 확장 가능성을 감지한다. 악기는 사람을 닮지 않았지만 사람은 악기를 닮는다. 악기를 닮아가는 사람, 그것을 자신이 가진 개인적 '물신화'라고 할 수도 있겠지만 그것을 프랑스식으로 해석했을 때 우리는 행복에 관한 예술적 해석에 더 가까워질 수 있는 권리를 경험할 것이다. 그럴수록 악기는 사람에게 예술적 차원에서의 확장을 제공한다. 기계를 잘 다루면 사람이 기계의 생산성을 올리지만 악기는 잘 다룰수록 사람이 갖는 예술적 목소리의 지평을 넓혀주기 때문이다. 그런 점에서 악기는 소리가 쥐는 검이다. 음악에 관한 우리의 피할 수 없는 추억들은 음악을 통해 다시 만날 때와 악기를 통해 다시 만날 때가 있고, 결국 이 글은 후자가 전자보다 풍요로울 수 있다는 어떤 우김이다. 악기를 통해 음악과 악기는 구별할 수 없게 되고 악기와 나를 구별할 수 없게 되며, 그러던 중 음악과 나를 구별할 수 없게 될 때가 올 것이다. 나는 언젠가 우리 모두가 그래보기를 바란다. 너와 나를 구별할 수 없을 때를 우리가 사랑이라고 한다면 인칭과 대상은 지워져야 옳은 것이라는 말을, 물신을 통해서 악기가 하고 있는 것이다. 나는 그것을 행복한 확장이라고 부르고 싶다. 꿈속에서 유기견을 다시 만나는 유년의 나, 그가 쥐고 잠들던 플라스틱 피리가 아직도 이승의 이삿짐 속에 있는 것을 본다.

다
기
(茶器)

　사물과 정신의 차원을 구별하지 않거나 그럴 수 없는 경우 우리는 물신(物神)이라는 말을 떠올린다. 그것은 현세에서 대개 좋은 의미로 쓰이진 않는다. 정신의 그릇이 사물일 수 있다고 특정한다면 그 정신이 어떤 왜곡된 욕망에 가까울 때에 특히 물신으로 표상되는 경우가 대부분이기 때문이다. 이런 귀인은 옳지 않다. 전례를 반대로 생각한다면 가령 바른 마음과 깨끗하고자 하는 의지 등 또한 물신화된다는 의미도 있기 때문이다. 물론 요즘은 그런 의지가 깃든 사물, 즉 어떤 물신을 찾기가 쉬운 일은 아니다. 근본적으로 사물이란 인간의 개념이고 그것이 주는 정서가 대부분 욕망에 가까운 거라면 우리의 모습이 그러하단 것도 자명하다. 깨끗함, 등의 말이 촌스러워지고 마치 그런 것이 추잡함의 진의인 것처럼 말해야 인문적으로 들리는 시대, 그게 마치 지식의 기본 미덕처럼 된 시대. 진실함, 등의 그리운 말들은 거짓으로 치부되고 욕망 같은 개념이 당당함으로 둔갑한 시대에 우리는 선뜻 그 촌스러움이 무서워 바른 역행을 시도하기 어려울 정도로 기괴해진 삶을 버틴다. 우리는 우리를 무서워하고, 그럴수록 우리는 마음껏 깨끗하고자 할 수도, 당당히 더러울 수도 없는 어중간한 존재가 된다. 물신은 그런 우리와 우리의 사물들 속에서 존재의 방식으로 우리를 보고 있다.

이런 생각은 인류의 역사와 함께해 온 것이며 어떤 애니미즘적 발상에서 출발한다. 모든 사물에 영이 깃들어 있다는 정령사상과 사물에 대한 인간의 인식은 그 맥을 같이해 왔다. 어떤 정신을 담아 만드는 사물들과 사물에 다시 깃드는 정신 사이에는 아무런 이물감이 없다. 그런 의미에서 사물은 대상이기 이전에 인칭이며 동시에 영혼이다. 시인은 사물을 그런 관점에서 바라보는 사람이고 이 글은 그 바라봄에 있어 물신에 대한 긍정 의지의 표상이다. 사물과 영혼은 인간에게 있어 불가분한 존재일 수밖에 없는 것이다.

'사물이 있기에 인간이 있다' 할 만큼 인간의 모든 행위에는 사물이 수반된다. 그리고 세상의 오염과 부패 정도와는 무관하게, 사실 인간에게는 아직도 숭고하고 아름다운 의지와 그에 수반한 행위들이 많다. 그중 근원적 '아름다움'에 대한 탐구가 있고 그것을 우리는 예술이라고 부른다. '생명'에 대한 믿음과 그 탐구가 있고 그것을 '종교'라고 부른다. 개인적 '생존'에 대한 건강한 탐구가 있고 그것을 '수련'이라고 부른다. 이런 긍정적인 행위들에게는 특정한 가이드라인이 있고 추구하는 목표가 있다. 그런데 그중에서 추구점도 목표도 없이, 그 행위 자체가 의미이고 목표이면서 모든 것에 대한 감사와 경의를 평온함으로써 마음에 담는 특이한 일이 있다. 그것은 바로 '차(茶)'를 끓이는 행위이고 우리는 이를 다도(茶道)라고 부른다.

다기(茶器)

많은 사람이 차를 좋아하고 즐기려 하지만 생각보다 많은 사람이 차에 대해 오해를 하거나 무지한 경우가 많다. 그중 가장 큰 오해는 차를 '음료'의 개념으로만 생각하는 것이다. 차의 약리적 효능과 그 맛은 매우 뛰어나고, 그것이 인간의 육체와 정신에 끼치는 맑은 '효과'들은 이미 오랜 역사를 통해서 검증된 것이 사실이다. 그러나 그것은 '차생활'의 일부분일 뿐 그게 '다도'는 아니다. 다도는 기본적으로 물을 다루는 기술이고 그 맑은 물을 맑은 정신으로 끌고 가는 귀한 음료로 화하는 모든 제반 과정에 풍취와 안정과 평화와 경의를 더하여, 그 모든 것의 가치에 대하여 집중하는 것이다. 그러면서도 경건하나 무겁지 않고, 허례에 천착하지 않으면서도 공손한 유희랄까, 즉 다도는 차를 끓여내는 제반 행위에 기점을 두면서도 음식문화보다는 의식에 가까운 어떤 콘텐츠에 가까운 것이다. 중요한 것은 다도가 어떤 목적성을 가진다기보다, 다도 그 자체가 행위의 목적이며 전부라는 데에 있다.

다도의 모든 행위에는 다구(茶具)들이 수반된다. 이들은 일반적인 생활 식기와 비슷하면서도 달라서 하나같이 일상이나 일반적인 식생활에는 굳이 사용될 일이 별로 없어 보이는 것들이 대부분이다. 현대 사람들은 라면 물을 끓일 때 화로를 사용하지 않고, 물을 마실 때 가마에서 구운 입술 넓고 키 작은 도자 잔도 거의 사용하지 않는다. 물을 뜰 때는 굳이 표자나 철병(무쇠주전자)을 사용하지 않고 차를 우리기 위해 굳이 예로부터 정리해 온 예법을 따르지도 않는다. 바쁜 현대에는 차를 마시기 위해서 굳이 그렇게 할 필요가 없기 때문인데 오히려 그런 점에서 다도는 예술적이다. 예술은 '아름다우면서' 동시에 '필요없는' 것에 가깝기 때문이다. 좀 더 정확히 표현하자면 예술은 가치 있는 것이지만 없다고 우리 생존에 위협이 되는 건 아니다. 그러나 예술이 우리를 더욱 인간이게 하며 더욱 사유에 폭넓은 의문과 여지를 제공하듯이, 다도 또한 생활에 없어도 상관없지만 '맑음'이라는 개념과 실제를 우리 몸과 마음 모두에게 함양하게끔 해주는 어떤 풍요로운 방법론으로서 존재하는 것이

다기(茶器)

다. 물론 여기에도 오해의 여지는 도사리고 있다. 비과학적이고 비논리적인 것이 곧 신비롭거나 예술적인 것은 아니기 때문이다. 어쨌거나 우리나라나 일본 다도의 경우, 실제로 행다를 배워보면 다구들을 사용하는 방법 중 가장 함축적이고 효율적인 최선의 방법으로서 그 이론이 정리되어 있다. 가장 단순한 것이 가장 아름답다는 사상 위에, 그 방법에 공을 들인다는 사상적 바탕이 행위로서 깔려 있는 것이다. 차에서의 맑음은 정신과 육체 모두에게 작용케 하려는 의지의 소산이라는 점에서, 다도는 또한 종교 같기도 수련 같기도 하다. 그러나 예술도 종교도 수련도 아닌 이유는 그것이 목표하는 어떤 지향점을 갖지 않기 때문이다. 그것 자체가 '속됨'과 큰 거리를 가질 수 있는 이유이기도 하지만, 굳이 표현하자면 '맑음'을 통해 세상 만물에 대한 경의를 즐기는 어떤 '여유'다. 현대인에게 있어 '여유'란 강제 집행되어야 겨우 성취 가능하다 싶을 만큼 정신이 없을 수밖에 없다는 점에서, 그리고 우리는 경제적 생존에 이끌려 대상에 대한 중요성과 아름다움을 생각할 수 없게 되고 있다는 점에서 현대에 더욱 필요해 보이기도 한다.

차를 하기 위해 사용하는 다구들과 찻잔들은 제례용 기물처럼 정신적인 것만을 담는 도구가 아니고, 그렇다고 식생활을 위한 음식을 담는 도구도 아니다. 그것은 실질적으로나 사상적으로나 '맑음'을 담기 위한 것이다. 인간에게 있어 '맑음'이란 상대적이므로 개념이며 실존적 이상이기에 사상이고 존속될 수 없기에 의지이기도 하다. 예술이 철학보다 일상과의 경계에 가깝듯이 다도도 의식과 식생활의 경계에 있는 어떤 것이다. 그래서 일상적 기물들과는 다른 것이며 이를 이해하기 위해서는 꽤 오랜 시간이 걸린다. 차를 즐기던 동아시아의 옛 사람들은 모두 궁극적으로 '물'에 많은 관심을 두고 있었다. 아무리 좋은 차를 우린다 하더라도 기본적으로 차의 맛은 '물'의 질에 따라서 결정되기 때문이었고 그것이 맑을수록 맛이 뛰어난 것은 당연한 이치였다. 원리를 일일이 글에서 설명할 수는 없으나 다도의 물 끓이는 체계는 결국 물을 더 좋게 하기 위한 방법에서 기인했다고 보아도

다기(茶器)

무리는 없다. 물은 역사적으로 인류에게 가장 오래된 '맑음'의 표상적 존재였다. 물은 만물과 생명의 근원이고 영양학적으로도 인문학적으로도 걸쳐져 있는 핵심 사유로서의 물신이었고 지금도 그렇다. 거기에 차라는 음료의 발견과 그 의학적 효과에 철학적 정신세계가 가미되어 하나의 문화로 이룩되어 독특한 세리머니의 형식을 띠게 된 것이다.

차문화의 일번지인 중국에는 종주국답게 차와 관련한 재미있는 속담들이 많이 전해져 내려온다. 그중 몇 가지만 소개하건대, 하나는 '칠분차 삼분정(七分茶 三分精)'이라는 말이다. 이는 '차를 따를 때에는 잔의 칠분만 따르고 나머지 빈 삼분에는 정을 따른다'라는 의미를 가지고 있는데 찻잔 하나에 물질과 정서를 모두 담는 예를 확실히 보여주는 예다. 또 하나는 '밥은 굶어도 차는 굶을 수 없다'는 말이다. 실제로 중국에 가보면 노상에서 구걸을 하는 사람도 자사호(紫沙壺)를 가지고 다니는 모습을 볼 수 있을 정도다. 이는 인간에게 맑음이나 정신문화가 얼마나 중요한 가치를 가지고 있는지를 잘 보여준다.

찬잔, 그리고 그것을 비롯한 차생활 전반의 다구들은 어디서건 어떤 경우이건 우리의 육체적, 정신적 맑음을 담기 위해서만 사용되고 또한 그 맑고자 하는 의지를 수반할 때만 제 역할을 하는 사물이다. 이를 물신의 관점에서 보았을 때, 자신의 찬잔은 나의 총체적 맑음이, 혹은 정갈한 의지가 깃들어 있는 아름다운 물신의 표상이며, 이것이 오래 지속되면 될수록 그 맑음은 더 짙게 담길 것이다. 더욱 재미있는 건, 심지어 도자기 찬잔의 경우 그것이 물질적 차원에서 가시적으로 눈에 보이기도 한다는 것이다.

도자기란 근본적으로 흙에 유리를 발라서 구운 것이고, 그 과정에서 나타나는 색상과 조형미로 표현되는 예술성을 연구하는 걸 도자학이라고 한다. 유리와 흙은 당연히 용융점도 반응점도 달라서 가마에서 소성될 때

다기(茶器)

부피의 변화 등 여러 가지 열변형 효과에 의해 미세한 균열이 무늬처럼 표현이 되어 나타나는데, 도자학에선 이를 관입(貫入), 또는 빙열(氷裂)이라 부른다. 갈라지는 금들의 형태가 마치 얼음과 같다고 해서 붙은 이름이다. 이 빙열은 실제로 일어난 균열이어서 오랜 시간 여러 번에 걸쳐 차를 따라 마셨을 때 조금씩 찻물이 배어들게 된다. 또한 세월이 지날수록 그 무늬들이 아름답고 짙게 올라오는 현상을 볼 수 있다. 그것은 내가 정성을 들이는 대상과 함께 길이 들어가고 낡아가는 모습을 보는 검소한 운치이자 작은 보람들이다. 오랜 시간에 걸쳐 그 모습들을 조금씩 바라보는 것 또한 차생활의 즐거움인 것이다. 그것은 '맑은 여유'를 갖기 위해 오랜 시간 노력하던 나의 의지가 가시적으로 표상된 것이다. 나는 이와 같은 현상과 그것이 깃든 찻잔을 '아름다운 물신'이라 부르고 싶다. 내가 머물던 자리가 항상 아름다울 순 없어도, 내가 사용하던 물건들에 아름다운 정신이나 그 흔적이 깃들 수 있다면 그 물신이 어찌 의미 없다고 할 수 있을까.

새삼스럽게 들릴지도 모르지만, 우리는 우리가 언제 어떻게 죽을지 알 수 없다. 죽고 나서야만 알 것이다. 언제가 되었든 그런 날이 왔을 때, 가령 내가 앉아 있던 자리에 소주병과 휴지와 마른 오징어들이 굴러다니거나, 던져놓은 양말과 잡지들이 굴러다니는 모습과, 열심히 일하던 흔적과 혼을 담아 쓰던 원고들과 오랜 시간 물든 다기들로 정돈된 책상 등이 남아 있는 모습 중 어느 쪽이 아름다운 삶으로 완성될 것인가는 한번쯤 생각해 볼 만한 일이다. 매순간 죽음을 생각하라고 말한다면 그건 다소 불필요하게 무겁거나 소름끼치는 말일 수도 있겠지만, 삶에서 죽음이 멀리 있지 않음을 염두하며 살 때, 우리는 겸허해진다. 우리는 그런 식으로 겸허해지는 게 마땅하고 진짜 예술이 아름다울 수 있는 것은 그 때문이다. 우리가 유한하고, 나약한 존재라는 것을 받아들일 때 철학이 끝나고 예술이 부활하듯이, 우리는 우리의 부족함과 저열함을 받아들일 때 우리의 생이 예술에 가까워지는 것이다. 그런 지속적인 인정과 사물에 대한 경의 속에서 빙열이 물드는 모습을 보는 것이 다도의 묘미

　다기(茶器)

이며, 맑음 혹은 맑음에 대한 의지를 자신의 찻잔에 담아오는 동안 우리는 순간과 시간에 대해 자연스레 받아들일 것이다. 그 아름다움은 결코 하루아침에 구현될 수 없는 것이기 때문이다. 이런 생각과 행위를 삶 옆에 둔다면 질그릇 하나가 아니라 어떤 사물이든 결코 소홀히 대하지 않게 된다. 마치 시인이 언어를 도자기 다루듯 깨질세라 세심히 다루려 하듯이. 그런 면에서 차는 문학과 지향점은 달라도 유사한 물성을 갖고 있다. 내가 다도를 좋아하는 이유는 사실 거기에 있다.

다도는 차를 우리는 행위를 통해 삶의 순간을 다잡게 하며 돌아보게 하는데, 사람에게 돌아본다는 일은 결국 자신의 장지를 보는 것과 같다. 내가 누울 곳을 내가 아름답게 정리할 수 있다면, 그것보다 보람된 일도 드물 것이다. 그것은 자기가 자신에게 다하는 어떤 충(忠)일 것이다. 국가에 충을 다하던 우리 선비들이 그랬고, 전장에 나가기 전의 무사들이 그랬을 것이다. 물론 나는 충이라고 말하면 범국가적인 차원의 거창한 것이나 케

케묵은 것으로 생각하는 오해 또한 불식되어야 한다고 생각한다. 충은 결국 '내가 나를 돌아보고, 그로 인해 세상이 나를 돌아보게 하는 것' 그 이상도 이하도 아니다. 그러므로 현대의 우리는 다만 최소한 우리 개인의 맑은 삶에 대한 충을 가질 가치가 있다고 볼 뿐이다. 내가 떠난 후 나를 정확히 말해주는 것은 사람이 아니라 물신일 수도 있는 것. 그런 마음과 작고 맑은 의지를, 나는 오늘의 찻잔에 따른다.

다기(茶器)

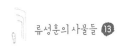
식
탁

기억의 무게

오래된 식탁을 바꿔야 할지 고민한 적이 있다. 구입한 지 삼십여 년이 된 크랙 탁자였는데 위판 면을 덮는 유리에 금이 가 다치지 않게 테이프를 붙여 사용해 온 지도 오래된 데다 식탁의자의 가죽이 닳다 못해 군데군데 찢어지는 지경에 이르렀다. 그것은 부산에 살았던 시절, 처음으로 우리 가족 소유의 집에 입주한 기념으로 장만했던 가구 중 하나로 기억한다. 이미 부분 도색을 몇 차례 거쳤고 의자의 가죽도 한 번 교체한 적이 있지만 그것도 이십 년이 넘었다는 것을 알고 나는 세월의 속도에 새삼스레 적잖이 놀라기도 했다. 크랙 가구는 그 화려한 문양이 그림뿐 아니라 조각으로도 표현되어 있어 아주 아름답긴 해도 그 특성상 주기적인 덧칠 등 보수 관리가 필요하다. 또한 요즘 나오는 새 가구들에 비해 몹시 무거워서 취급이 쉽지 않다. 또 그런 특성 때문인지 크랙 가구를 사용하는 사람도, 그걸 관리하는 업체도 거의 사라져가는 추세여서 업체에 맡기는 것도 쉽지 않을뿐더러, 보수한다고 해도 차라리 요즘 나오는 식탁 세트를 장만하는 것보다도 수리비가 더 비쌀 정도였다. 그러니 이 식탁을 처분해야 하나 고민하는 일은 애초 자연스레 찾아올 수순의 일이었는지도 모른다.

오래 입던 옷 등이 닳는 일은 수도 없이 겪어왔지만 그건 오히려 그렇기 때문에 당연한 일로 받아들여져 왔다. 하지만 식탁이 닳는 일은, 그래서 바꿔야 하는 일은 자주 겪는 일이 아니므로 그 느낌이 주는 무게가 다르다. 사물은 그 사물의 기억이 주는 무게도 함께 가지고 있다. 이는 사람과 사람과의 관계처럼 애정과 관심의 여부와 별다른 상관관계를 갖지 않기도 한다. 가령 내가 상대방에게 그리 큰 마음을 주지 않았다고 생각하며 오랜 시간을 보내왔지만 그가 영영 사라졌을 때 얼마나 내게 큰 무게로 존재했는지 뒤늦게 알 수 있는 이가 있는 것처럼, 사물 또한 그렇다면 우리 개인에게 있어 사물과 인칭과의 구분이 애매해지기도 한다. 이는 그 반대도 마찬가지다. 내가 상대방에게 온갖 애정과 노력을 기울여 왔음에도 그가 사라진 후 뒤도 돌아보지 않을 만큼 쉽게 잊히는 사람도 있고, 그런 사물 또한 있음이 자명하다면, 기억이 존재에게 느끼는 소중함의 무게는 개개의 노력과 감정의 여부보다는 묵묵히 '함께 있기' 그 자체에 있을지도 모를 일이다. 이는 수피즘에서 사람과 사람 사이에서 가장 소중하게 생각하는 차원의 개념이기도 한데 나는 그 신비주의적 접근과는 무관하다 해도 이것이 참 묘한 사유라고 생각한다. 오랜 세월 내 곁에서 함께 밥을 먹고 땀 흘리고 버텨내고 닳아온 사물이 있다면, 그건 우리가 생의 대부분을 통해 타자에게 갖는 영혼의 얕은 장난질보다 그 소중함의 무게가 훨씬 크게 다가오기도 하는 것이다. 이쯤 되면 우리가 사물을 대할 때 타자를 대하듯 볼 수 있는 것이 아니라 우리가 사물을 닮아갈 때 서로에게 더욱 소중한 무엇이 되어갈 수도 있을

식탁

것이다. 그저 묵묵히 함께한다는 건 사물이 결코 인칭이
될 수 없는 것만큼이나 우리가 사물에게서 닮기 힘든 미
덕일지도 모른다. 우리는 대개 누군가에게 묵묵하지도
오래 함께하지도 못한 채 살고 있으니, 나는 과연 식탁
에게 처분이라는 단어를 사용할 자격이 있었을까.

블랙박스

한국어에만 있는 어휘로 가족을 의미하는 단어인
'식구'라는 것이 있다. 직역하면 '먹을 입'이라는 뜻으로
먹을 '식(食)'자와 입 '구(口)'자를 합한 아주 쉬운 단어인
데 이는 과거의 우리 삶이 얼마나 가난하고 고달팠는지
를 아무런 여과 없이 보여준다. 한국인의 언어습관에 유
난히 '밥'과 관련한 말이 많다는 것은 그리 생소한 사실
이 아니다. 거리에서 지인을 만났을 때 '식사하셨습니
까?'로 인사하고 헤어질 때 '나중에 같이 밥이나 먹자'로
끝내는 나라가 잘은 몰라도 흔치는 않을 것이다. 이는 먹

는 일이 곧 사는 일 그 자체였고 먹고사는 일의 절박함으로 인해 가족구성원들마저 밥 들어가는 입의 숫자로 헤아렸다는 사실은 개개의 삶이 가진 무게와 그 무게의 책임감과 연대 등이 모두 담겨진 어떤 심성으로 보인다. 이와는 달리 혈육으로 이루어진 인류의 근원적 공동체를 뜻하는 '가족'이라는 난어는 하나의 '집'을 이루는 '혈족' 구성원이라는 의미 그대로 쓰인다. 식구는 실체를 가진 구체적인 대상을 지칭하는 문자의 조합으로 되어 있으니 가족보다 훨씬 더 우리의 구체적 삶에 맞닿아 있다. 그러므로 실체로서의 가족을 생각하면 더욱 소중하고 아픈 말일 것이다. 언제부터였을까. 윗세대에게도 아랫세대에게도 '먹이는 입'이기만 하셨던 아버지는 이 구어(口語)이자 구어(舊語)인 '식구'라는 말을 '가족'이라는 말보다 더 많이 쓰셨고, 나는 그걸 사랑으로 여겼고 그중 먹는 입으로서만 살아온 나는 염치도 없이 식구라는 말을 더 사랑하게 되었다. 먹는 일의 소중함과 먹는 입의 소중함엔 우열이 없다는 점에서 식구는 우리가 그동안 잊고 살던 삶의 한 근원으로서 식탁에 모여왔던 것이다.

비평론에서, 혹은 학문의 많은 개념 정리의 부분에서 '해체'라는 단어가 사용된 연혁은 꽤 오래되었다. 나는 이 단어를 별로 좋아하지 않는데, 갈수록 복잡다단해지는 인간의 일들을 규명하기 위해 끝까지 물고 늘어질 의지를 회피하는 듯한 징후가 강하게 느껴지기 때문이다. 이를테면 문학의 경우 시가 읽기 어려워지고 일관된 정서적 맥락이 없이 그 언술이 무책임해 보이면 일단 '해체시'라고 명명하려 하는 태도 등이 그렇다. 자기도 자기를 모르는 인간 내면을 이해하려는 노력의 과정에서 그것을 해체적이라고 말한다면 우리가 우리를 더 이상은 이해하려 하지 않겠다는 의미의 징후가 될 수 있기 때문이다. 그것은 어려운 것에 대해 잘 모르겠다고 솔직히 말하는 것과는 상반된 태도로 일종의 직무유기이다. 그러나 나는 현재의 사회를 볼 때 우리가 가족이라고 부르는 개념이 상당부분 해체가 진행되고 있다고 말하는 것에 딱히 반박할 생각은 없지만 그렇다고 별로 동의하지도 않는다. 늘 실체가 없는 개념에 대해 말하는 것을 사람들이 좋아하는 이유는 원래 정의가 모호한 것에 대해 말하는 건 승부가 나지 않게 마련이니 지적인 말장난에 유리하기 때문이다. '가족' 또한 서로에 대한 모종의 아가페적 사랑과 윤리가 기반할 때만 거의 성립할 수 있으니 사실 실체가 모호한 정치적 개념이어서 누군가 소중하다고 하면 소중한 게 맞을 것이고 해체되고 있다고 하면 해체되고 있는 것이 맞을 것이다. 옛날에는 먹고사는 일의 절박함이 가족을 단단히 했다면 지금은 먹고사는 일 그 자체가 가족을 무너뜨리고 있다고 할까. 적어도 나의 눈에는 그렇게 보인다.

하지만 식탁은 쉽게 포기되지 않는 사물이다. 그나마 실낱같이 유지되는 가족도, 심지어는 그들이 집에 모두 모여 있는 드문 시간 내에도 동시에 얼굴을 볼 수 있도록 모아주는 존재는 식탁이 유일하다. 그것은 '먹고사는 일'이라는 촌스럽고 원초적인 차원 속에서 끝없는 명분을 만들어주기 때문이다. 이제는 가족이어서 식탁에 모이는 게 아니라 식탁이 있으면 모일 수 있는 사람들을 가족이라 부르는 쪽에 가까워지지만, 우리는 거기에 앉고 일어서며 추억하고 자랐다. 그곳에 앉으면 발이 바닥에 닿지 않던 때부터 다섯 살 난 조카를 무릎에 올려놓고 그 천진한 영혼이 만든 플라스틱 수프를 떠먹는 놀이를 할 때까지. 사촌 형이 명절에 들렀다가 손을 짚고 일어서며 유리를 깨뜨린 사실을 쓸데없이 기억력이 좋은 나만 기억하게 될 때까지. 부모님이 좋아하시는 빵을 골라 사온 봉지를 당뇨 수치와 인슐린에 대한 고려도 없이 식탁에 올려놓은 것을 뒤늦게 알게 되기까지. 돈 되지 않는 순진해빠진 내 문학의 꿈을 어려서나 나이 먹어서나 똑같이 늘어놓게 될 때까지. 카펫을 빼서 세탁하기 위해 이리저리 움직이다 의자 다리 모서리에 발가락을 몇 번이나 다치고서야 바닥에 부직포를 덧댈 때까지. 엄마와 늦은 밤 차를 마시면서 점점 빨라지는 시간과 그 이유들에 대해 찬찬히 수다를 떨 수 있게 되기까지. 그 모든 것들을 추억할 준비만이 내가 살아 할 수 있는 전부라는 사실을 깨닫게 되기까지. 식탁은 항상 가족이라는 단어의 정중앙에서 우리를 보고 있었다.

　사물의 기억을 읽어낼 수 있는 가상의 능력인 '사이코메트리'를 다룬 어느 외국 드라마를 보다, 만일 사람처럼 사물에게도 기억이 있을 수 있다면 한 가족사의 블랙박스는 아마도 식탁이 될 것이라는 생각을 했었다. 그곳에서 나는 다리를 떨지 않게 되었고 밥을 씹을 때 입술을 벌리지 않게 되었고 수저와 그릇 놓는 순서를 알게 되었고 밥알을 그릇에 붙여놓지 않으려 애쓰게 되었다. 또한 매사 '왜 그래야 하는지'와 같이, 세상에 끝없는 의문을 갖는 법과 그 의문을 제때 던지지 못하는 법을 배웠다. 그런 밥상머리 교육들과 달리, 인간에게 성장이란 그런 게 아니라는 사실을 알게 된 것만이 내가 얻은 성장이라면 성장이라 생각했다. 아직도 버리지 못한 그 식탁에는, 유년의 내가 아직도 앉아 성장판을 떨고 있는 게 가끔 보인다. 나는 늘 대답보다 의문이 더 많은 상태에서 자랐고 지금은 대답이 없이 의문만 가득한 상태에서 자라고 있으니까. 그런 가족사와 인간사에 대해 식탁은 가장 오래 보아온 사물일 테니까. 덧칠하지 않아도, 가죽 덮개를 갈지 않아도 되는 새 식탁이 온다면 우리는 남은 시간의 가족사를 어떤 방식으로든 행복한 방식으로 쓸 것이라는 기대를 하게 되는 것, 그런 게 사물을 통해 닮아가는 성장이라면 성장일 수도 있겠다고 생각했다.

사물의 선물

혼자 식사를 할 때, 가끔 평소보다 더욱 성의를 다해 밥상을 차릴 때가 있다. 그런 건 그저 나를 위한 작은 호사라 생각해 왔지만 식탁 위엔 그것만으로 설명되지 않는 사물의 이끌림이 있다. 사람만큼이나 사물과 친해지려 노력하다 보면 대상의 기억과 나의 기억을 뒤섞어가는 의식에 본능적으로 동참되기도 한다. 이를테면 '선물' 같은 것이 그렇다. 우리가 그 사실을 무시할 뿐, 내 생각엔 모든 사물이란 모든 이에게 선물로서 존재한다. 이곳에 없는 개개의 당신과 이곳에 남은 나는 오래지 않아 이곳을 떠나겠지만 그 순서를 알 수 없고 어떤 사물은 우리보다 오래 살아남을 테니까. 내게 식탁이 포기되지 않듯이 식탁은 살아 나를 기억하거나 좀 더 기억되게 해줄지도 모르니까. 새로 찾아올 가족사를 기다리는 마음으로 우리는 혼자서도 가지런한 밥상을 차릴 것이다.

생뚱맞겠지만, 공자의 종심소욕불유구(從心所慾不踰矩)는 사물을 인칭처럼 대할 때 더욱 쉬워지고 장자의 제

물론(齊物論)은 이유야 어떻든 사물을 제대로 바라보려는 것에서 출발하니 그 바라봄을 한번 건강하게 궁리해 볼 것. 사상도 철학도 다르게 대하는 것에서 시작한다는 나의 사물론은 가족의 '먹을 입'으로부터 나오고 있으니, 우리의 식탁은 더욱 건강한 가족사를 선물처럼 낳을 것이다.

나는 우리의 인지능력과 사고기능이 일종의 화학반응이라는 견해에 동의하는 편이어서 기본적으로 기억이란 사물의 몫은 아니라고 보고 있다. 그런 건 다소 맥빠지는 진실일 수 있겠지만, 그럼에도 사물이 어떤 기억을 공유하는 형태로 우리와 함께한다는 것 또한 진실일 것임을 나는 믿는다. '가족'과 같이 사물 또한 실체 없이 모호한 개념이라고 보았을 때, 그들의 기억 또한 있다고 한다면 있는 것일 수도 있기 때문이리라. 그런 게 없다는 것을 증명할 수 없다면 좋은 쪽을 믿을 것, 그게 우리가 가진 대개의 신앙인 것처럼. 대상에 대한 그런 염원이 우리를 앞으로도 식탁 앞에서 가지런히 놓이게 할 수 있다면, 그래서 새로운 가족사를 기억케 할 수 있다면, 그것은 그것대로 행복할 것이다.

식탁

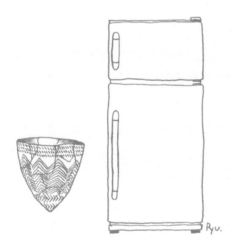

냉장고

바위계곡

부모님 댁에 갈 때마다, 어렸을 때부터 전혀 고쳐지지 않는 버릇이 하나 있다. 그것을 버릇이라고 표현하는 게 적절할지 모르겠지만, 시간이 지나도 내가 항상 잘 못하는 것이 한 가지 있는데 냉장고에 있는 음식 찾기가 그것이다. 습관이 되면 조금은 나아지지만 대체로 잘 되지 않다보니 나는 냉장고 문을 열고 한참을 찾다 어머니에게 늘 되묻고, 결국 직접 오셔서 찾아주시도록 만든다. 내가 냉장고 문을 열고 어떤 원하는 것을 찾은 후 온전히 문을 닫을 확률보다 뭔가를 찾지 못하고 무의미하게 문을 닫는 확률이 생각해 보면 훨씬 더 많았고, 이런 일이 그리 희한한 일이 아니라는 것을 알기까지 또한 오랜 시간이 걸리지 않았다. 혼자 있는 집 냉장고에는 넣어둔 게 별로 없어 그런 일이 전혀 없지만 가족이 있는 집은 얘기가 다르다. 웹 게시판의 가벼운 글들이나 각종 매체에 등장하는 소재로서의 냉장고 이야기들을 보면 무슨 미로나 보물창고와 같은 공간처럼 인식하는 사람들의 개인적 경험이 아주 많이 보이는데 이를 보게 된 후에야 내가 어떤 장애를 가지고 있는 것은 아님을 알게 될 정도였다. 어머니가 나 대신 찾으러 오신 후에도 그런 다행한 확인은 반복되었다. 그 냉장고 안의 각종 음식물과 식재료들을 쌓아오고 관리하신 장본인 또한 나보다는 훨씬 필요한 음식을 쉽게 찾거나 빨리 찾을 수 있는 확률이 높긴 했지만 못 찾는 경우도 꽤 있었기 때문이다. 어떤 경우엔 그것이 있는지 없는지도 확인할 수 없는 상황도 있었으니 생각해 보면 당연한 일이었다.

이유는 아주 많은데 형용을 해보자면 이렇다. 가전제품 중 대체로 가장 거대한, 그리고 점점 더 대형화되는 물건인 냉장고는 아주 높고 크고 깊은 3차원 공간이므로 뒤쪽으로 밀린 물건은 점점 더 가려져 보이지도 않게 된다. 또한 현대의 냉장고는 용도와 습도, 저장환경에 따라 각 케이지의 카테고리가 나뉘어 있는데 이 용도에 따라 명확하게 분류해서 음식을 저장할 만큼 실제 저장물의 비율이 균등할 리는 만무하다. 결국 저장분류보다는 저장공간이 더 알맞은 곳에 우선적으로 마구 쌓이기 마련이니 저장물 양이 많아지면 시일이 지나 그것을 기억해 내고 찾을 확률이 당연히 떨어진다. 이때쯤이면 과반수가 물리적으로 보이지 않는 위치가 되는 것은 물론 심지어 문을 열어도 보이지 않는다. 조리하기 전의 식재료의 경우 있는 그대로 냉장고에 들어가 있는 일이 극히 드문 데다 알 수 없는 각종 비닐과 포장으로 꽁꽁 싸서 넣어두는 일 또한 당연지사다. 그렇게 하지 않으면 외부로 액체가 흐르는 일을 겪거나 깔끔하게 장기보관이 힘들기 때문이다. 조리가 필요 없는 즉석식품을 집에 가지고 왔거나 조카 등의 생일 때 사온 케이크 등이 남기라도 하면 냉장고의 상황은 더욱 어려워진다. 그런 건 포장이 꽤 안전하고 큰 편이라 적재공간이 부족하게 되어 다른 음식들을 테트리스 퍼즐 맞추듯 최선의 공간지각을 발휘하여 구겨넣게 되기 마련이다. 그런 일은 두어 번만 겪어봐도 음식을 처음 넣었던 위치를 보통 사람의 뇌로는 결코 기억할 수 없는 혼돈상태가 된다.

　냉동실은 더 심각하다. 기본적으로 냉동실은 냉장실과는 비교도 할 수 없는 낮은 온도(냉장실 영상 3~4℃, 냉동실 영하 18~20℃)의 특성상 압도적으로 음식을 장기간 저장할 수 있는데 이것이 장점이자 단점이 된다. 당연하게도 매일 해먹을 수 없는 육류나 생선, 혹은 각종 가공식품의 경우 거의 확실히 비닐에 묶인 채 극한 온도 속에 처박히게 되는데 2인 이상의 가족이 함께 사는 모든 사람은 본인들이 그날 해 먹을 음식의 양과 남겨질 음식의 양과 버려질 음식의 양을 정확히 예측할 수 있을 리 없다. 그래서 많이 남든 적게 남든 다음에 다시 조리할 수 있는 항목은 모두 비닐포장에 다시 들어가서 서리가 잔뜩 낀 돌덩이 형태로 어디론가 차츰 깊숙이 파묻힌다. 이런 일이 몇 년만 반복되어도 냉장고는, 특히 냉동실은 어디 있는지도, 언제 넣어둔 건지도, 정체가 무엇인지도 알 수 없는 비닐포장 덩어리들에 의해 추운 바위계곡이 된다. 군에 있을 때, 특수적으로 운용하는 대테러 부대의 스나이퍼(저격수)들은 냉장고를 통해 감각과 기억력에 대한 훈련을 하기도 한다는 이야기를 들었다. 이는 냉장고 문을 열고 약 3초 정도 안을 들여다보고 문을 닫은 뒤 그 안에 있던 내용물들의 숫자, 종류, 위치를 모두 정확하게 기억해 내는 방식으로 이루어진다. 주변 상황에 대한 민감한 대응이 필수적이고 저격 위치가 발각되어선 안 되는 특성상 기억과 공간지각 등을 향상시키는 것은 그들에게 매우 중요한 훈련이기도 하다. 그런데 그 얘기를 처음 접했을 때 나는 우습게도 우리 집 냉장고로는 그런 훈련은 어림없을 거란 생각이 들었다. 그조차도 한참 못 미칠 나는 지금도 계곡 앞에서 당연한 수순처럼 잠깐씩 넋을 놓는다.

　　나는 이 인류의 위대한 발명품이 개발된 이래 저장이라는 특성이 일반화되면서 이런 일이 누구도 피해갈 수 없는 문제가 되었다고 생각했다. 대체로 인간에게 있어 발명이라는 것은 생활상의 커다란 긍정적 변화를 가

냉장고

져다줌과 동시에 그것 이전에는 없었던 새로운 수많은 골칫거리를 대동해 오게 마련이다. 자동차가 생긴 이후 사람은 빠르고 신속하며 개인의 자유를 보장받는 꽤 편안한 시간을 연장하면서 목적지로 이동할 수 있게 되었지만 지옥 같은 교통체증, 수많은 유류와 소모품의 교환 및 유지보수에 대한 부담, 허리 휘는 각종 세금 및 보험료 청구 등에 시달리게 된 것과 같다. 개인적으로 자동차에 비할 바는 아니라 생각하지만 냉장고는 저장이라는 엄청난 기능을 통해 식생활의 혁명과 함께 '버릴 수 없게 함'을 가져옴으로써 웃지 못할 난제를 선물했다고 할까. 냉장고에 대한 이 문제를 해결할 유일한 방법은 '아까워하지 않기'와 '과감하게 버리기'뿐인데 이것 또한 생각해 보면 웃기는 일이기도 하다. 버리지 않기 위해서 만든 사물을 윤택하게 사용하기 위해선 잘 버릴 수 있어야 한다는 것.

좋지 않은 기억을 잘 정리할 줄 아는 사람의 정신이 대체로 더 건강하듯, 잘 저장하는 일도 잘 버릴 줄 아는 일도 모두 중요하다는 건 명백해 보인다. 처음 집에 들어오던 때의 냉장고는 하나라도 더 채워 넣을수록 행복해 보였지만, 지금은 다른 무엇보다도 버리는 일의 중요함을 가르쳐주고 있다는 것이 못내 섭섭하기도 했다. 오래전 서로 애정한다고 믿었던 사람들과 나눠 먹은 고기가 화석처럼 제빙실 구석에서 발굴되는 것을 보며, 나는 사물도 기억도 무엇 하나 잘 버리지 못하지만 요즘은 모두 그 반대가 삶에 더 유리하고, 거의 명백한 것이라 생각했다.

빗살무늬토기

사람의 살아온 방식과 그 삶의 성향을 볼 때 나는 그의 식생활과 관련된 부분들을 보면 가장 잘 파악할 수 있다고 생각하는 편이다. 먹지 않으면 삶도 없으니 삶보다 먹는 일이 더 앞에 있는 것이 곧 우리의 실체일 수도 있을 테니까. 냉장고는 어찌 보면 그런 맥락에 있는 가장 은밀한 삶이다. 누군가 집에 방문했을 때, 나의 냉장고 속의 상황을 타인에게 안방보다 더 노출시키고 싶지 않은 느낌을 많은 사람이 받아보았을 것이기 때문이다. 방은 정돈된 모습을 노출하기 쉽지만 냉장고는 대체로 방보다 훨씬 본능과 야생에 가깝다. 그러므로 냉장고를 보면 그가, 그 가정이 어떻게 살아왔는지 한눈에 보인다고 해도 전혀 과장이 아닐 것이다.

나에게는 사실 기벽이라 생각해도 좋을 만큼 대다수의 사람들이 하지 않을 법한 오랜 버릇이 있다. 커피 전문점에서 받은 종이컵과 뚜껑들, 종이 쇼핑백과 각종 비닐봉지, 박스 등을 나는 제때 버리지 못하고 어느 정도 쌓일 때까지 재사용하는 것인데, 텀블러가 있음에도 불구하고 종이컵이나 각종 재활용 용기 등은 그 이음매가 뭉개질 때까지 대체로 두세 번쯤 더 재사용하고 버린다. 장을 볼 때에는 튼튼한 전용 쇼핑백을 들고 가기 때문에 일회용을 쓸 일이 거의 없지만 깨끗하고 기능에 문제가 없으면 창고에 쌓아두고 보는데 그게 박스로 모일 때까지 뒀다가 감당할 수 없을 때 한꺼번에 재활용쓰레기로 배출시킨다. 그리고 그걸 버린 후에는 담아냈던 박스를 다음에 다시 재활용쓰레기를 버릴 때 편하도록 집에 다시 들고 온다. 이런 버릇들은 사실 어머니가 평생 해오신 버릇인데 그걸 보면서 자라온 내가 무심코 따라 해 온 일이 지금껏 이어지는 것이다. 이것은 우리가 어려웠던 시절, 아주 사소한 것부터 절약하는 것이 습관이 되어 있어야 모두가 잘살 수 있다는 종래의 의식이 당연한 가치로 여겨지던 시절의 소산이다. 사실 지금은 그렇게까지 '아끼지 않아도 괜찮은' 시절이 된 것이지 '아낄 필요가 없는' 시절이 된 것은 아니다. 그런데 작금에는 '아낀다'는 인식에 관해 이야기하면 뭔가 시대착오적이거나 케케묵은 정서로 프레임 씌워지는 분위기가 분명 있다. 꽁꽁 쟁여둔다고 꼭 잘사는 것도 아니지만 잘 버리는 것이 미덕이 될 수도 없는 일이기에, 나는 지금도 경제적으로나 정서적으로나 좋은 삶을 위해 써야 할 곳과 아껴야 할 곳을 잘 구분짓기 위해 애쓰고 있다. 그리고 이것이 사물에 대한 애정으로 자연스레 연결되는 것이 자못 즐겁기도 하다.

냉장고

지금의 냉장고에는 무엇무엇이 들어 있을까. 가장 오래전에 넣은 것은 무엇일까. 생각해 보면 묘하게 궁금하기도 하고 재미있기도 하다. 오죽하면 자신의 집 냉장고에서 구석기시대의 빗살무늬토기가 출토되었다는 우스갯소리가 있었을 정도일까. 우리 냉장고에선 뭐가 나올까. 적어도 청동기는 나오지 않을까. 나는 발굴의 심정으로 해동을 한다.

　　그렇게 비닐 한 장, 종이컵 한 개를 버리지 않고 아껴온, 그래서 아끼라는, 아껴야 잘산다는 예의 마땅하던 잔소리와 맨날 꽉꽉 처박아둔다는, 이제 좀 버리라는 앞뒤 안 맞는 시대적 퇴박을 모두 견뎌온 어머니의 고귀한 살림들을 돌아본다. 그리고 어쩌면 사물에 관한 나의 애착과 경의가 그곳에서부터 시작된 것은 아닌가 생각해 보기도 한다. 지금도 문을 열면 서리 낀 바위계곡이 보이는 그 속에서, 나는 이제 일용할 야식거리나 찾기 이전에 태곳적부터 얼어붙은 그 식재료들이 우리에게 가져다준 것들에 대해 기억해 본다. 우리의 삶은 남겨둠과

버림의 어떤 태도에 있는 것이 아니고, 남겨둘 것과 버려야 할 것을 끝끝내 구분하지 못하는 그 분투 속에서 피어나는 기억 자체인 것. 그러므로 그것이 사물들을 통해 우리가 배울 수 있는 삶의 본질에 더욱 가까울 것. 그 계곡 속에서 우리가 자랐고, 남김과 버림에 대한 끝없는 분투를, 그 분투에 대한 기록들을, 나는 또한 글로써 풀어갈 뿐이다.

냉장고

Ryu.

카
메
라

인간에게는 오감이 있고 그것들을 통해 느끼고 배우고 겪는다. 우리가 삶이라고 부르는 것은 그 감각들의 진행적 총화이다. 즉 감각이라는 건 언제나 그것들에 드는 시간만큼이나 슬픈 접촉이라는 의미도 된다. 오감은 애초에 평등할 수 없으며 임의로 열고 닫을 수도 없는 데다 쉽게 얻을 수도 없고 잃었던 걸 온전히 되찾을 수도 없기 때문이다. 그러므로 사실 감각을 동원한다는 말이나 감각을 통해 배운다는 말 등은 모두 틀린 표현에 가깝다. 우리는 끊임없이 감각당하고 감각을 강요받는다. 삶에 있어 슬픔의 요소는 말할 수 없이 많겠지만 배움이나 삶이 강요될 수 있는 차원이 아니라면 우리의 감관 또한 그러해야 옳은 것이기 때문이다.

　예로부터 그런 감각 중 가장 폭력적이고 비극적인 것은 '시각'이었고 지금도 그렇다. 존재와 육체 사이에서 가장 서로의 안전과 정체를 근본적이고 원시적으로 유지시켜 주는 이 감관은 '빛'이라는 현존과의 유일한 소통 창구이기도 하다. 빛은 인간의 모든 시간과 삶의 허튼 은유이자 아름다움의 원천으로 재단되어 왔는데 시각의 모든 비극은 여기에 있다. 빛은 존재에 대한 재단이고 왜곡이며 또한 시작이다. 그것은 대상과 자아 간의 영원히 만날 수 없는 접점의 출발선이라는 점에서 언어와 너무도 닮아 있다. 언어는 사유의 재단이고 왜곡이며 시작이기 때문이다. 또한 빛은 빛 그 자체로 시각이미지가 되지 않고 이미지를 시각화해 주는 매질임과 동시에 그 또한 물리적 입자로서 우리 앞에 있다. 이는 언어가 언어 자체로 이미지가 되지 않고 이미지를 사유화해 주는 매질로 작용함과 동시에 물리적으로 형상화되어야 인지될 수 있는 것과 같다. 물론 차이는 있다. 언어는 사유를 이미지화하고 이미지를 사유화할 수도 있으면서 그 어

느 하나 본질이나 진실에 다가갈 순 없는 허깨비지만 빛
은 존재의 원천이므로 없으면 궁극적으로 존재도 없다.
그런 세상엔 언어와 빛의 차이를 감지하지 못하거나 감
지되길 원치 않는 이들이 있고, 우리는 그들을 시인이라
부른다. 그와 유사한 맥락에서 빛을 언어화하기 위한 문
학적 시도 또한 없을 리 없는데, 진실의 모습을 한 허상
들을 통해 아름다움에 가까워지려는 시도와 그 시각적
우매함의 결과들을 우리는 사진이라고 부른다.

　문학은 생각에게 대상을 맡기는 것이고 사진은 대
상에게 생각을 맡기는 것이다. 전자는 대상과 의미의 무
책임함이 동반되고 후자는 생각과 시간의 무책임함이
동반된다는 점에서 나는 전자가 후자보다 고결하다고
믿지만 뭔가에 책임이 없다는 점에서 둘 다 아름답다고
생각한다. 빛도 언어도 꺾고 늘리고 때리고 접을 수 있지
만 그건 어디까지나 현상일 뿐, 그 본질 속에서 우리는
늘 시험시간을 놓친 수험생처럼 멍하니 있을 뿐. 안타까
움과 아름다움을 분간하지 못한 채 모두가 안타까운 시

간 속 물리적 기록들을 보며 함께 아름다워져 간다. 그들이 자라온 책상과 그들을 키워온 책상 위에 문학은 없어도 사진은 늘 있었다. 그렇듯 카메라는 현대 광전자공학의 결정체이면서 동시에 아름다움을 위한 과학적 접근인 거의 유일한 결과물이었다. 돌아가신 할머니의 영정과 어린 시절의 가족사진과 여행에서의 추억을 담은 앨범 등을 보면 찍는 이에게도, 보는 이에게도, 인화물에 보이는 대상과 타자에게도 모두 아름다움의 흔적과 가치를 남기는 그런 매체는 거의 없다는 것을 알 수 있다. 사진이 소비되고 남용되고 배포되고 조작되고 배설되는 지금도 그 순기능이 아직 유효한 것은 그 때문이다.

언어를 통해 사유를 재단할 수 있다고 착각했던 때부터 우리에게 문학이 태동했고 그 오만이 절망으로 바뀌는 순간 인간은 아름다움에 대해 보았다. 그와 같이 빛을 재단하려는 시도부터 사진은 태동했고 그 시도가 한계로 바뀔 때부터 촬영은 일종의 회화 행위가 되었다. 우리는 행복과 아름다움이 거의 무관한 것이거나 매우 멀리 있음을 안다. 그러나 행복하면서도 아름답고 싶어 하는데, 이런 모순된 욕망의 정점에 있는 것이 문학이고 예술이라면 사진은 예술 그 자체는 아니지만 그런 점에서 예술과 닮아 있다. 사실을 그대로 보도하기 위한 최선의 존재이면서 그것이 가장 허황된 왜곡이라는 것을 알 때, 또한 시간이 지날수록 그 왜곡과 유리가 커질 때 우리는 거기서 색채와 형상이 아니라 안타까움과 아름다움을 함께 본다. 그래서 시를 쓰는 사람과 시를 사랑하는 사람들이 사진을 경시하면서 또한 좋아할 수밖에 없는지도 모른다. 시를 쓰지 않거나 시를 사랑하지 않는 사람들은 아름다움만을 먼저 본다. 그래서 또한 사진을 좋아할 수밖에 없는지도 모른다. 이것이 다행한 일인지 아닌지는 모르겠다. 어쨌든 사진에 찍힌 대상을 좋아하는 쪽과 사진이라는 매체 그 자체를 좋아하는 쪽 모두 사진을 좋아한다고 말할 순 있겠지. 하지만 모두 허상을 실상보다 좋아한다는 점에서 나는 우리가 행복보다는 아름다움에 더 가까워지려는 존재일 것이라 믿는 것에는 변함이 없다. 나는 미화에 대해 이렇게 이해한다.

카메라

무거운 장비들과 삼각대를 메고 한참 사진을 찍으러 다닌 적이 있었다. 목적은 사진뿐이면서 '아름다운 것', 시적인 '그 무엇'에 목말라 있었던 때, 영리·비영리 사진을 모두 찍으러 다니면서 낯선 곳과 낯선 사진의 느낌 속에서 여러 시각적 정서를 캐어다 그런 걸로도 좋은 시를 쓸 수 있다고 믿던 때가 있었다. 예술에 대한 사유가 주객전도되어 있었고 지금 생각해 보면 여행과 사진에 기대어 쉽게 글을 쓰려는 안일한 생각을 가졌던 것 같다. 시간도 돈도 젊음도 많이 버렸고 쓸데없는 생각들도 많이 캐내고 골라내고 버리기를 반복했지만 그를 통해 시를 전혀 건지지 못한 건 아니었으니 그 시절을 후회만 하지는 않는다. '우리가 무언가를 좇을 수 있다면 그건 반드시 허상일 거야'라고, 친구일 순 없되 지인보단 가까운 사람들이 주로 하던 그런 투의 말들을 나는 아직 사랑한다. 그러나 사람에게 정서란 대개 실망스러운 친구처럼 홀연히 왔다가 점점 멀어지게 마련이겠지만, 간혹 삶 이후까지 살아 있는 경우도 있기는 할 것이다. 그게 남은 글일 수도, 남은 사진일 수도 있겠지만 여행의 경험은 사람에게 그런 몇 가지를 기대케 한다. 허상을 좇는 일이 안타까움과 아름다움의 경계에 있듯이 여행이라는 말은 사진과 경험이라는 말의 경계에 있다. 그래서인지 항상 여행자들에겐 카메라가 따라다닌다. 사진은 허상을 위한 결과물이지만 카메라는 결과물을 위한 대상이므로. 나는 이제 이 둘 모두 그렇게 사랑하지는 않게 되었지만 카메라가 아름다운 허상의 어머니였다는 점에서 전자보다 후자를 조금 더 사랑하게 되었다. 물신의 입장에서 카메라는 그것이 찍은 사진보다 대상에 대한 기억을 더 많이 공유한다고 여겨진다. 시각이외의 공감각들과도 함께 그곳에 있었기 때문이다.

여행과 사진은 떼려야 떼기 힘든 단어이자 소재이다. 여행은 기록되기 마련이고 기록은 미화되기 마련이기 때문이랄까. 여행이라는 말이 아름답게 느껴진다면, 그 이유는 아마도 여기 있을 것이다. 사실 나는 낯선 장소와 상황을 찾아 셔터를 수없이 누르던 때부터 여행이라는 말을 그렇게까지 좋아하진 않았다. 간접적 경험보

카메라

다 직접적 경험이 깊고 깊질 수 있는 것은 사실이지만 우리는 이미 간접적 경험이 직접적 경험과의 차이나 의미가 점점 무의미해지는 시대를 통과하고 있기 때문이다. 그리고 여행을 많이 다닌 사람과 다닌 적 없는 사람의 차이가 그의 성공 여부에 아무런 상관관계가 없다는 점 등에서 여행이 생각을 키우고 사람을 발전시킨다는 말이 얼마나 신빙성 없는 견해인지를 우리는 지겹도록 보고 있기 때문이다. 시각을 키운다는 개념과 여행이란 개념을 혼동할 때와 혼동하고 싶을 때, 우리는 대체로 여행에 대해 미화하곤 한다. 누구나 돈과 시간과 경험을 오롯이 자신에게 쓰고 있는 기분이 개인에게 좋지 않을 수가 없는 건 당연한 것일 테니 여행의 묘미는 대개 거기 있기도 하겠지. 그리고 그 기록과 미화로서의 사진은 자신만 위하며 살 수 없었던 우리들의 안타까운 시각적 몸부림일 수도 있겠지. 그 두 가지 의미 위에서 사진은 여행 위에 빛을 발할 순 있겠지만, 여행사진도, 사진 여행도 모두 의미가 너무 얕은 웅덩이가 된 이때를, 우리는 첨벙첨벙 지나간다. 그것은 마르고 있지만 여전히 웅덩이인 채 우리 쓸쓸하고 귀여운 만용들을 바라보고 있다. 그런 면에서 나는 애초 '문학적 정서'를 위해서 사진을 찍는 오류를 범했으니 카메라와 함께한 내 시간들은 귀엽지도 쓸쓸하지도 않았다.

열악한 것, 혹은 비참한 것들이 가진 시각적 아름다움에 대해 우리는 진저리치도록 잘 알고 있다. 사진은 그런 미적 가치들을 우리에게 아주 잘 가르쳐준다. 환경과 냄새와 먼지와 치안 상황을 모두 배제하고 단지 형상과 색채만으로 감각하게 하기 때문에 가능한 일이다. 그곳의 냄새와 먼지를 기억하는 이는 촬영자뿐이다. 가령 인도 바라나시의 가트(강가 계단)에 널려 있는 싸구려 천 조각들과 저질 페인트의 무늬들이 얼마나 화사한지를 실제 본 사람들은 놀랄 것이다. 태양광이 우리나라와 달라서 생기는 광학적 효과도 무시할 순 없겠지만 반드시 고화소에 로우 파일로 촬영하고 32비트 컬러값으로 최적화된 영상 환경에서 재현된 것을 보지 않더라도 그런 건 바로 알 수 있다. 베르사유궁전을 찍은 사진보다

봄베이의 불가촉천민들을 찍은 사진이 더 아름답다고 느낄 수 있다는 견해에 대해 부정할 사람도 별로 없다. 하지만 어떤 여행자도 전자와 같은 열악함에 진실로 동참하길 원하진 않는다. 내가 인도에 배낭여행을 갔을 때 그곳엔 무슨 목적으로 왔는지 알 수 없는 사람들이 대부분이었다. 나는 그 여행에 사진이라는 목적을 갖고 있었지만 '목적'이라는 말에 사실 반감을 갖고 있었고 그래서 그들의 여행은 아름다울 수 있다고 생각했다. 그러나 그곳에 살 수도, 그곳과 하나가 될 수도 없으면서 여행의 이름 아래 그곳을 실제로 맛보고 싶고 그곳에 대한 막연한 환상을 충족하려는 사람들의 대상화 포르노가 용인되고 귀결되는 것을 수없이 보았다. 모든 여행이 그런 건 아니어서 그것이 자본의 배설물이라고 말할 수는 없지만 허영의 배설물일 수는 있다고 생각했다. 어쨌거나 그 첨병에는 반드시 사진이 있으니 이는 모든 시각적 미화의 근원이었고 나도 거기 꼼짝없이 연루되어 있었다. 동물원 구경처럼 사진을 찍으면서 어떤 종착지건 현지의 사람과 현지의 대상에게 우리는 점점 더 동의와 용서를 구하지 않았고, 우리는 수십 개의 가지를 꺾어 만든 꽃다발처럼 함부로 그곳을 잠깐 아름다워했고, 쉽게 버렸고, 값지게 기념하려 했다. 여행이란 그런 것이라 말할 수도, 우리에게 제공되는 값진 경험일 수도, 더 넓은 사고의 지평이라 말해질 수도 있겠지. 그럴수록 애초 이 행성을 떠날 수 없는 몸으로 태어난 사람들이 쉽게 이곳의 여행자를 자처하면서 그런 말들이 문학적으로든 회화적으로든 아름답다고 믿고 있었다. 이는 아름다움을 많이 겪는다고 우리가 더 아름다워지지 않는다는 걸 모두 알고 있기 때문은 아닐 것이다. 중국의 한 고사를 빌려 말하자면, 하얀 돼지를 상서로이 여기던 우리가 그곳엔 검은 돼지가 하나도 없다는 사실을 알았을 때 현대의 우리는 반성하는 쪽보다는 검은 돼지를 다시 변호하는 쪽이 된 것 같다. 이곳과 그곳에서 우리가 상서롭게 생각하는 대상을 수시로 바꾸는 만용은 여행 때문이고, 그런 일은 미화된 기록에 의지하는 것이다. 사진은 아름다움을 전달해 주지 않고, 단지 사진 그 자체가 아름다울 뿐이란 걸 카메라는 가르쳐주었다.

카메라

가진 돈을 모두 털어 구입했던 라이카 M시스템 디지털 바디에 28mm와 130mm를 번갈아 끼우면서, 가령 밤의 흔들리는 보트 위에서 이국 조상신들의 제례를 최대한 높은 선예도로 잡으려고 몇십 분씩 엎드려 버텨보던 때를 떠올린다. 한심하도록 아름답던 때였고 남들보다 아름다운 사진을 찍어 오겠다거나 남들보다 낯선 경험을 하고 오겠다는 오만함과 절박함이 나의 그 시간을 더욱 그렇게 만들었다고 믿는다. '졸기는 했지만 잠을 잔건 아니에요'라고 우기는 학생을 볼 때를 떠올리듯이. 나는 사진을 찍으러 여행을 갔지만 여행사진을 찍은 적은 없다고 생각했고, 그 시절을 후회하지는 않는다. 내 글과 시는 그때 이후 사진을 떠났지만 사진은 결코 떠나지 않는 여행처럼 다시 내 글을 찾아올지도 모른다. 감관의 차별성 속에서 아직도 굳건히 보존되고 있는 시각적 정서의 힘 때문일지는 모르겠지만. 보고 싶던 사람과 주문한 음식과 다시 가고픈 장소들을 핸드폰의 카메라로 쓸어담는 삶 속에서, 이제는 사진보다 더 짙은 기억이 된 카메라를 본다. 그때의 열악한 대상과, 그것의 과거와 아름다운 만용들이 무겁고 작은 정밀광학기계에 멋진 흠집으로 남아 있는 걸 본다. 새 카메라로 옛 카메라를 찍은 날, 나는 배터리 슬롯에 끼어 있던 갠지스강의 마른 꽃잎을 긁어내었다.

카메라

시
계

시간이라는 고향

　관심을 갖지 않거나 굳이 알 필요가 없거나 등 여러 이유가 있겠지만 비전문가인 다수의 사람들이 잘 모르는 사실 하나가 있다. 우리가 들고 다니는 휴대폰 디스플레이 창에 떠 있는 시계는 이론적으로 지구상에서 가장 정확한 시계라는 것이다. 그게 가능한 이유는 인공위성과 GPS시스템이 실시간으로 계산하는 값을 통신사 기지국을 통해서 제공받고 있는 수치이기 때문이다. 간단히 정리해서 말하자면, 그 시계는 서로 다른 위치에 떠 있는 정지궤도위성 3개 이상의 삼각측정을 통해 GPS가 각 지역 시간의 평균값을 계산한 후 각 이동통신사에 데이터화해서 보내는 정보를 실시간으로 받아 표시하는 원리로 작동하는 것이다. 그렇기 때문에 가입된 통신사 기지국 데이터 전송 루트에 이상이 생기지 않는 한 핸드폰을 오래 껐다 켜더라도 원천적으로 시간의 오차가 나지 않는다. 즉 핸드폰 단말기에 시계기능이 탑재되어 있기는 하지만 핸드폰이 시간을 계산하는 게 아니라는 것이다. 그렇지 않은 단말기의 시대도 있었으나 적어도 지금은 그렇다. 가장 정확한 시계는 사실 시계가 아니라는 점이 흥미로울 수도 있겠지만 이 작은 지구 안에서도 무언가를 정확히 개념화할 수 있기 위해서는 뭔가 혹은 누군가 우주까지 나가야 한다는 진실을 생각하면 자못 숙연해질 수도 있겠다.

인간은 6천여 년 전부터 시간을 해석하고 이용하기 위해 노력해 왔고 시계를 개발해 왔다고 한다. 예부터 철학이 던진 의문이 참명제가 되면 그건 늘 과학의 영역으로 넘어갔고 과학은 모든 현상을 규명하면서 철학의 새로운 테제를 던져왔다. 그 속에서 양가 모두가 아직 해결하지 못한 숙제 중 하나가 '시간'이며 이는 우리가 당면한 가장 직접적이고 무서운 존재성으로 군림해 왔다. 인간은 시간을 통제할 수는 없어도 정의할 수는 있었으니 시간의 정의는 곧 시간의 이용법이 되었다. 우리가 자연을 이용할 순 있지만 거스를 순 없는 진실 속에서 시간은 가장 자연이라는 인간적 정의의 시작점에 있을 것이다. 고향은 떠날 수도 갈아엎을 수도 있지만 바꿀 수는 없는 것. 언젠가 상대성이론을 대상화·물질화할 수 있는 시대가 와서 시간을 제어할 수 있게 될지는 모르는 일이지만 그 원천적 진실이 변하진 않을 것이다. 제어할 수 있다는 의미가 곧 극복의 의미가 되는 것은 아니기 때문이다. 우리는 지금도 시간이라는 고향 속에서 시계라는 낫으로 곡식을 모으며 사는 중, 혹은 죽는 중이다. 그런 의미에서 시계는 존재에 대한 인간의 철학적 의지를 과학적으로 대상화한 사물이자 음도 양도 아닌 불가역한 존재성에 대한 경의의 사물이라는 위치에 있다. 특히 기계식 시계가 그렇다.

시계

공학적 아름다움

시간에 대한 개념이나 시각이 끊임없이 변하여 온 만큼 그것을 다루는 사물 또한 형태나 원리가 끊임없이 변하여 온 것도 사실이지만, 시간의 본질이 결국 변하지 않는 만큼 그것을 다루는 사물 또한 본질이 바뀐 적은 없다. 하지만 앞서 말한 대로 인공위성이 측정해 주는 시간을 실시간으로 보여주는 시계를 누구든 볼 수 있는 시대임에도 매우 정교한 형태와 구조를 가진 기계식 시계들이 기능 대비 엄청난 고가에 거래되면서 사람들에게 사랑받는 데에는 이유가 있다. 그것엔 시간의 본질에 대해 인간이 갖는 경의이자 자연 본질을 규명하고 해석하려는 이들의 오랜 의지에 대한 경의가 근원적으로 포함되어 있다. 또한 자신만의 아름다운 시계를 갖는다는 것에 대해선 모든 존재에게 평등하게 소비되는 시간을 자신만의 가치로 치환하고픈 개인의 욕망이자 의지라는 것 이외엔 다른 해석이 사실 어렵게 만들기도 한다. 큰 어선과 보트를 동원해 그물로 잡은 참치와 혼자 낚싯

대 하나로 망망대해에서 목숨 걸고 잡은 참치의 크기가 같다고 해서 전·후자가 유사한 의미일 수 없는 것은 당연한 이치일 것이다. 시계는 개별적 인간에게 좀 더 시간이라는 참치에 대해 더 큰 경의와 높은 가치감을 선사하는 것이다. 시간은 인간에게 영원한 미해결 테제인 만큼 존재성보다는 의미망 쪽에 가까운 이유도 여기서 찾을 수 있다. 시간을 대상화하려 한 사물의 결과는 시계이고 의미의 대상화가 곧 사물이라 정의한다면 시계는 결국 불가지적 의미를 대상화한 대표적인 인위이자 사물이 된다. 물은 깊이를 모를 때 신비롭고 귀신은 정체를 모르기에 무서운 것처럼, 해석되지 않는 시간에 대한 다양하고 끝없는 예술적 표현 의지가 시계에 들어가 있기에 시계는 미적으로 복잡하고 공학적으로 아름다울 수 있는 것이다.

금속의 탄성이 가진 역학적 원리를 적용, 중력에 의한 운동에너지를 동력원으로 이용하는 아날로그식 정밀기계로서의 시계는 개발된 지 몇백 년이 될 정도로 그

시계

역사가 오래되었다. 이는 오랜 발전사만큼이나 간단히 설명하기 힘든 수준의 복잡한 체계와 시스템을 가지고 있다. 온갖 알고리즘이 있지만, 가령 세계적인 시계 회사들인 파텍 필립(Patek Philippe)이나 바쉐론 콘스탄틴(Vacheron Constantin) 등 유서 깊은 브랜드 시계에 주로 사용되며 기계식 알고리즘 중 기념비적인 위치에 있는 투르비옹(Tourbillon, 프랑스어로 회오리바람이라는 뜻) 같은 장치를 특히 예로 들 수 있다. 원래 이는 지구 중력장에 의해 사람의 불균형한 움직임 속에서 생기는 불가피한 오차를 보정하기 위해 나온 장치다. 이것은 움직임이 복잡하기 이를 데 없으면서도 그 때문에 아름답기까지 한 데다 상기한 대로 사람의 움직임으로 구동한다는 오묘한 특성을 가지고 있다. 물론 그렇다고 해서 전자식 시계보다 정확한 구현을 할 수 있는 건 아니지만 오히려 그 작동원리와 움직임의 미적인 가치 때문에 더욱 빛을 발하는 장치로 더 유명해져 있다. 이와 같이 수백 수천 개의 기어와 부품들이 머리카락보다 가는 벨트나 스프링으로 연결된 채 소우주처럼 정교하게 맞물려

돌아가는 모습은 그 조형미만으로도 예술성을 뿜어낸다. 이는 사실 철저히 정확한 시간 표시를 위한 공학적 노력의 산물이지만 그 발달 양상에 따라 어떤 물건들은 조형미와 작동 형태의 아름다움까지 추구하는 수준에 도달해 있다. 이것이 시간이라는 개념이 갖는 인식적 아름다움과 톱니바퀴처럼 맞물려 그 미적 가치가 배가되는 것이다. 그런 이유로 인해 시간 오차가 거의 없고 정확하긴 해도 배터리 등 소모성 동력원을 내장한 채 전자식으로 구동하는 현대의 수많은 양산형 전자식 시계와는 많은 의미의 차이를 가지고 있다.

비축 가능한 의미

기계식 시계는 인간이 만든 아날로그식 장치의 역사이자 정수이므로 철저한 과학적 인식에 기반한 사물에서 출발했지만, 여기에 피동에서건 능동에서건 인문적 인식이 들어가 있다는 사실은 매력적이다. 이들의 동력원은 기본적으로 태엽과 같은데 인위적으로 사용자가 손가락 힘을 이용해 감아놓으면 그게 모두 풀릴 때까지 일정 시간을 완구나 오르골처럼 일관되게 움직이는 구조가 아니다. 물론 그런 구조의 시계도 있으나 일반적으로 오토매틱 시계라고 하면 무브먼트 안에 실린더 역할을 하는 부채꼴의 로터가 들어 있어 사람이 착용하고 활동할 때의 모든 움직임을 이용해 실시간 자동으로 태엽을 감는 구조로 되어 있는 것을 말한다. 즉 사람의 일상적 움직임, 다시 말해 '삶'을 동력원으로 움직인다. 어떤 인위도 없이 사람이 차고만 있어도 그 생활의 힘으로 작동하는 것이다. 시계를 벗어놓고 일정 기간이 지나면 작동이 멈추는데, 그때까지 걸리는 시간을 '타임 리저브'라 부른다. 직역하면 시간을 '예약한다', '비축한다' 정도가 된다. 일상과 생활을 통해 우리는 시간을 강제로 '소비'하면서 살지만 동시에 시간에 대한 '개념'이나 '인식'은 예약할 수도 비축할 수도 있는 것이라는 인문적 인식을 이 작고 복잡하고 아름다운 기계가 알려주는 것이다. 그러므로 시계는 시간을 보여주는 도구라기보다는 시간에 대한 인식을 알려주는 도구에 더 가깝다. 전자식 시계나 인공위성의 GPS 시계는 내가 죽었든 살았든 지나가는 시간을 평등하고 냉엄하게 표시해 준다면, 기계식 시계는 내가 시간을 살아내고 움직이는 만큼 더욱 예약되고 비축된다는 진실을 함께 표시해 준다. 시간이 물리적으로는 평등할지 몰라도 인식에 있어서 전혀 평등하지 않다는 사실은 인간의 사유를 통해 구현되지만, 그런 사실을 공학적인 바탕을 통해 끊임없이 알려주는 역할은 기계의 몫이라는 건 신기한 일이다. 곧 시계는 인간과 기계의 사이에서 창조물과 피조물 사이의 관계를 '시간'이라는 개념을 통해 몽롱하고 흐릿하게 하는 위치에 있는 사물이다.

시간의 형상

세계적인 문인들이나 정치적 명사들이 이런 시계를 사랑했다는 사실은 위와 같은 인식이 단지 인식적 상

시계

상에 머무르는 게 아니라는 단서를 제공하면서 더욱 특별하게 다가온다. 앞서 언급한 '투르비옹'이라는 장치를 개발한 장본인이자 기계식 시계 역사에서 가장 위대한 발명가로 꼽히는 아브라함 루이 브레게(A. L. Breguet)의 경우 1700년대에 활동했던 사람이었고 그가 만든 시계의 가장 유명한 고객은 마리 앙투아네트였다. 또한 나폴레옹 황제, 영국의 빅토리아 여왕이나 처칠 수상 등이 이 브레게의 시계를 아꼈다는 이야기는 잘 알려져 있으며 발자크, 스탕달, 푸시킨 등의 문호들이 그의 시계를 좋아했다는 사실 또한 인상 깊은 일이다. 그들이 어떤 작가나 혹은 특정한 아름다운 시계를 사랑한 것인지, 시계의 복잡다단한 공학적 해석을 통해 재현되는 시간의 아름다운 형상을 사랑한 것인지는 사실 알 수 없는 것이겠지만 그들이 '시간'과 같이 규명할 수 없는 어떤 가치나 영속적 개념에 대한 사유를 사랑한 것임은 명백해 보인다. 그렇지 않다면 개인이 소지하고 다니는 혹은 아낄 수 있는 어떤 사물 중 굳이 그 대상이 시계여야 할 필요는 없었을 것이기 때문이다. 과거 그들의 이야기를 통해, 시계를 사랑하면서 시간을 사랑하지 않을 수는 없을 것이고, 시간을 사랑하는 사람이 시계를 사랑하지 않을 수는 없을 것이라고 나는 생각한다. 흔히들 시간은 영원한 것이라고 말하지만 개인의 삶은 유한한 것이기에 모든 사람에게 시간은 사실 전혀 무한한 개념일 수 없다. 단지 어느 정도의 양이 내게 배분되어 있는지 알 수 없을 뿐, 시간은 그저 시간 스스로 무한할 뿐이다. 그러므로 시간의 무한성과 불가역적인 물리적 특성을 규명하는 것이 위대한 일일 순 있겠지만 그걸 어떻게 의미 있게 사용하느냐, 어떤 형태로 소비하느냐의 문제로 치환하는 것이 인간에게는 훨씬 더 직접적이고 중요한 일일 것이다. 이는 어느 날 내가 사라지고 없는 곳에서도 계속 무한할 시간에 대한 생각과, 그 속에서 극히 일부분을 실체로서 살다 갈 우리가 갖는 최선의 미적 접근일 것이다. 만일 그것의 사물화가 이루어질 수 있다면 분명 기계식 시계의 모습에 가까울 거라 생각한다. 시계는 그 미적 접근, 바로 그 자체이다.

나는 나의 시간을 본 적 없이 냉혹한 인공위성에 맡기는 것보다 권태롭고 연약한 나의 손목에 맡기는 쪽이 항상 더 좋았다. 어느 쇼핑몰에서 대량으로 파는 탁상시계가 거기 들어가는 배터리보다 가격이 더 싼 것을 본 적이 있다. 그런 현재를 살면서, 한 달에 몇 분쯤 생기는 오차를 맞추려고 때때로 시계 용두를 풀면서, 7월과 8월 동안 잊고 있었던 태양력의 허점을 9월 동안 즐겁게 기다리면서, 지금 몇 시인지 묻는 물음에 6시 6분을 66분이라고 잘못 대답하는 내 혀의 꼬임에 피식 웃기도 하면서, 그런 것이 나의 시간에 대한 나의 경의이자 의미가 아닐까 생각해 본다. 시계를 풀고 손에 쥔 채 재미삼아 흔들어놓고 그 로터 돌아가는 소리를 듣기도 하면서. 나의 시간은 어떤 형상일지 혹은 얼마만큼 축적될 것인지 상상하면서. 인간의 부족함은 완벽한 시간과 맞물리지 않는다고 생각하는 내 근원적 나태와 유약이 글 속에서 살아가는 내 시간의 정확성이라면, 하고 생각해 본다. 나의 부족하고 따분한 목숨은 나의 오래된 시계처럼 아름다워져 갈 것이다. 오늘도 나는 내 삶의 인문적 오차를 가끔 공학적 의미에 맞춰보고 있다. 시간의 즐거움과 시계의 즐거움, 그 둘 중 하나만 있어도 즐거울 때가 손목 위에 있다.

시계

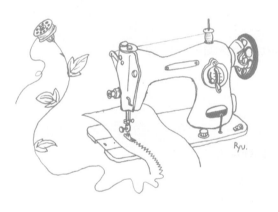

재봉틀

ZL-B950

나는 양말이 떨어지면 한두 번은 기워서 신는다. 할인마트나 잡화점에 가면 값싸고 질 좋은 양말을 저렴한 가격에 뭉텅이로 살 수 있는 시대에 다소 궁상맞아 보일지 모르지만, 꼭 그것이 구두쇠 같은 습관에서 나온 것만은 아니다. 단지 보통 사람들의 평균치보다 내 엄지발가락이 크다보니 양말의 엄지발톱 부분이 일찍 떨어지는 경우가 많아 생긴 습성 같은 것이다. 나는 바느질을 거의 할 줄 모르지만 양말 끝 몇 센티미터를 깁는 것조차 할 수 없는 정도는 아니어서 가끔 발가락에 구멍이 나면 기워서 신고는 했다. 대개는 그렇게 한 번만 해도 양말의 수명이 두세 배는 늘어나니 보통 발바닥이 닳아 구멍이 나서 더 이상 기울 수가 없게 될 때까지 신을 수 있기 때문이다. 하지만 기운 티가 많이 나고 가끔 금방 다시 터지는 경우가 생겨, 그럴 때는 부모님 댁에 갈 때 가져가서 어머니께 고쳐달라고 부탁드렸다. 어머니는 그때마다 거리낌 없이 재봉틀을 꺼내시는데, 기계로 드르륵 하고 박으면 내가 누더기처럼 고치는 것보다 훨씬 야무지게 고쳐지므로 요즘의 나는 나태하게도 직접 반짇고리를 잘 꺼내지 않는다.

어린 조카들이 장난을 치다 뭔가를 깨뜨리거나 고장을 내면 내가 공구와 접착제 등으로 수리해 놓는 일이 언제부턴가 일상처럼 되었기에 나는 부수는 사람 고치는 사람이 따로 있다고 우스갯소리를 했었다. 그런데 내가 옷이나 양말을 찢어먹거나 구멍을 낸 채 집에 가져가면 손주를 보신 지 오래인 어머니께서 지금도 당신 아들 옷을 수선해 주시니, 아직도 찢어먹는 사람과 기워주는 사람이 따로 있다는 점에서 나는 아직도 다 자라지 못하고 있다는 느낌을 받기도 한다.

아주 어렸을 적부터 나는 어머니가 직접 옷을 짓거

나 앞치마, 이불보, 커튼 등을 재봉틀로 수리하시는 모습을 항상 호기심 어린 눈으로 지켜보곤 했다. 어머니는 한 재봉틀을 구입하신 이후 그것만 평생 사용하셨는데, 아직도 직물을 수리해야 할 때는 그때와 똑같은 모습으로 사용하신다. 내 구멍 난 양말 하나를 기우려고 낡은 기계덩이를 꺼내 그 앞에 앉으시면, 나는 잠깐 그 어렸을 적으로 돌아가는 경험을 한다. 재봉틀을 보다보면 신기한 느낌을 참 많이 받는다. 나는 문과 출신치곤 기계장치에 대한 공학적 이해도가 높은 편이어서 웬만한 각종 장비나 기계류를 곧잘 손보거나 다루곤 하지만 재봉틀은 아직도 실이 어떻게 어떤 원리로 그렇게 연결되고 기막힌 박음질로 이어지는지 잘 모르겠다. 그리고 어머니는 지극히 평범한 가정주부로 살아오신 데다 늘 기계를 잘 모른다고 하시지만 재봉틀을 다루는 솜씨는 상당히 뛰어나시다. 그런 점들을 보면 우리가 누군가에게 기본적으로 기계치다, 아니다를 논하는 것은 그 사람의 관심 여부나 잠재력을 고려하지 않는 선입관적 언동이 아닐까 하는 생각도 든다.

재봉틀

어머니의 재봉틀은 국산 '부라더미싱'의 ZL-B950 모델인데 생산된 지 사십여 년이 지난 물건이다. 우리나라에서 재봉틀 하면 가장 잘 알려진 그 회사는 설립된 지 육십 년 정도 된 곳으로 최초로 재봉틀을 국산화하는 데 성공한 것으로 유명하다. 우리 가족은 옛날부터 오랜 세월 부산에서 살았고 부라더미싱의 초창기 본사가 부산에 있었기 때문에 어머니가 이것을 구입하신 것은 매우 자연스러운 일이었을 것이다. 또한 젊은 주부들에게 재봉틀 기술을 습득하는 것은 당시에 크게 유행하던 교양이었는데 초등학생이었던 내가 재봉틀 교육을 받으러 다녀오시는 어머니와 함께 귀가하던 풍경이 어렴풋이 떠오르기도 한다. B950은 요즘 나오는 컴퓨터 드라이브가 장착된 전자동 방식이 아닌 완전한 기계식 재봉틀인데다 프레임이 무쇠 주형으로 되어 있어 무척 무겁고 크기도 큰 편이다. 그래서 나는 어머니에게 우스갯소리로 "이건 가정용이 아니라 공업용 같다."고 했을 때, 어머니는 "잘은 모르겠지만 공업용일 수도 있겠다."며 웃으셨다. 어쨌거나 그 생김새만큼 모터가 크고 설계가 직관적이어서 고장이 거의 없어 아직도 많은 사람들이 사용하고 있다고 하는데, 나는 그 큰 모터와 육중한 철 프레임에서 울려오는 경쾌하고 시끄러운 소리를 좋아했다. 어머니가 노루발 나사를 조이고 실패를 끼운 다음 페달을 밟으실 때 울리는 '샤타타타타' 하는 경쾌한 연속음이 기워내는 것은 떨어진 양말의 부분이기에 앞서 어쩌면 우리가 걸어온 시간의 부분일 것이라는 생각을 했다.

모든 성인들

현대 우리나라의 노동운동 역사라던가 전후 어려웠던 시대의 기반산업에 대해 회고할 때 재봉틀은 결코 빠지지 않는 아이콘에 가까운 사물이기도 하다. 아직도 많은 사람이 남성 노동자들에 대한 비극적 역사의 예로 '광부'를, 여성 노동자들의 비극적 역사의 예로 '미싱공장 직공'을 어렵지 않게 꼽는 경향이 있는 것 같다. 전태일이라는 인물의 일대기를 회상할 때도 우리는 청계천

평화시장과 함께 그것을 쉽게 떠올리기도 하고, 소설가 신경숙의 실제 체험을 바탕으로 집필된 소설 《외딴방》의 배경 소재로도 등장한다. 당시의 이 눈물겨운 역사의 대변자는 열악한 조건과 고된 노동 속에서 개인의 인권이 심각하게 훼손당하던 상황을 통해 우리나라의 미숙한 자본주의의 그늘에 대해 이야기하기에 부족함 없는 대상이었다. 한국어에 아직도 많이 남아 있는 일본식 외래어나 차용어들이 대개 그렇듯, 우리는 보통 재봉틀이라는 말보다 현장 용어로서 '미싱'이라는 말을 더 친숙하게 사용해 왔다. 이것의 어원은 사실 재봉틀을 뜻하는 영어 '서잉 머신(sewing machine)'에서 '머신'만을 따온 일본식 음차(音差)인데, 직역하면 그냥 '기계'라는 의미이니 그 메마른 울림이 더 크기도 하겠다.

　　코엑스나 고속터미널 쇼핑몰 등에 가면 수십 개의 골동품 재봉틀이 한 벽면 전체를 통해 전시되어 있는 곳을 볼 수 있다. 이는 올 세인츠라는 영국 현대 브랜드의 의류 매장 지점들인데 모든 매장의 주 전시 콘셉트라고 한다. 그곳들에 라이트 형제의 비행기 날개를 바느질했다는 미국 싱거사의 제품부터 수많은 앤틱 재봉틀이 줄지어 있는 모습을 보고, 나는 그들의 마케팅 전략을 생각하며 미묘한 감정에 빠졌었다. 자세한 의도는 알 수 없지만 좋은 옷을 만들기 위한 오랜 노력이나 장인정신 등 전통 있는 브랜드의 이미지를 심어주기 위한 전략이라면 완벽에 가까운 방법이라는 생각과 상당히 성공적인 마케팅일 것이라는 예상을 했다. '동시에 전 세계 수많은 사람의 노동과 손때와 추억과 시간들도 이제는 기업의 이미지 상품으로 활용될 뿐인 그런 시대구나'라는 다소 서글픈 생각도 들었다. 누가 몇 년을, 혹은 몇십 년을 돌렸을지 모를 그 골동품 재봉틀 앞에서 나는 옛 부산 외할머니 댁에 있었던 재봉틀 작업대를 떠올린다. 언제부터였을까, 재봉틀은 어디로 갔는지 없고 밟아서 풀리를 돌리던 페달부와 나무로 된 상판과 뼈대만 덩그러니 남아 있던 그것은, 한때 재봉틀이었던 그 물건은 지금은 어디 있을까. 그리고 그 위에 있었던 재봉틀은 어디로 갔을까. 혹시 이 매장에 있는 것들 중 하나는 아닐까. 이제 할머니도 할아버지도 안 계신 세상 이전에 보앉던 탁자, 그게 탁자가 되기 이전에 있었을 재봉틀, 그 재봉틀이 돌던 이전의 세상은 지금 어떤 모습으로 이 쇼윈도를 보고 있을까. 수많은 먼지와 가스에 쓰러졌던 옛 여공들은 수백 개의 낡은 재봉틀이 전통과 역사로 포장되어 우리나라 가장 화려한 곳들의 조광을 받으며 전시되어 있는 모습을 보면 무슨 말을 할까. 그들은 그곳에서 평생 입어본 적도 없는 옷을 고르며 한번 웃어보기라도 할까. 올 세인츠라는 브랜드명은 '모든 성인들'이라는 거룩한 의미가 아니라 영국의 거리 이름 중 하나에서 따왔다는 사실을 알게 된 후, 나는 그 기막힌 이름이 우리에게 추모에 가까울지 조롱에 가까울지에 대해 생각해보았다. 물론 결론은 나지 않았다.

역류

"벗어봐라, 금방 기워주께." 또 구멍이 난 줄도 모르던 내 양말을 목격한 어머니가 재봉틀을 다시 꺼내 오실 때, 양말이 제 모습을 찾을 때마다 외부 수동 풀리 중앙에 붙은 노란 제조번호 스티커가 반쯤 떨어진 채 흔들리는 모습을 볼 때, 나는 김명인 시인의 〈역류〉, 그중 "시계를 고치면서, 기다리지 않겠다 않겠다고 흘러가버릴 시간을 되살려놓으면서, 비추고 또 비추어도 외눈박이 확대경 속은 고장 난 세상"이라는 구절을 떠올려본다. 나는 여기에 시계 대신 양말을 집어넣고 '흘러가버릴'을 '흘러가버린'으로 고쳐보고 '외눈박이 확대경 속'을 '오래된 재봉틀 속'이라고 혼자 멋대로 고쳐보았다. 그러곤 나는 누구도 아무것도 최소한 멋대로 고치려 하진 않을 테니, 앞으로 남은 우리의 시간 속 세상들은 더 이상 고장 난 곳이 아니었으면 좋겠다고 생각하며 버릇 같은 쓸쓸한 말놀이를 마쳤다. 어머니가 잘못 박힌 실코를 수정하기 위해 풀리를 거꾸로 돌리시는 것을 보고, 나는 재봉틀에 그런 기능이 있는 것을 처음 알았다.

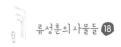

이
불

바둑이

　책장을 정리하다 구석에 잔뜩 꽂혀 있는 사진 앨범 쪽으로 유난히 눈이 가던 날이 있었다. 나이를 먹을수록 어렸을 적 앨범을 꺼내보는 일이 드물어진다는 생각이 든 나는 고대 유물을 발굴하듯 설레는 마음으로 시간만큼 무거운 그것을 다시 들쳐보았다. 누구나 해볼 만한 여러 행동들 중에서도 수십여 년 전의 앨범을 간만에 찾는 건 특히 미묘한 일이다. 명확히 표현할 순 없지만 이미 잃어버렸고 지금도 잃고 있는 시간들을 극히 일부나마 되찾을 수 있는 듯한 체감 때문이기도 할 것이고 나에게든 사물에게든 오랜 세월 신경쓰지 못한 데 대한 어떤 면목 없는 감정이 들기 때문이기도 할 것이다. 그 잊

류성훈의 사물들 ⑱

히기에도 버려지기에도 좋은 납작한 공간 속에서 나는 세상에 온 지 1년도 채 되지 않았던 주먹만 한 내가 포대기에 싸인 채 누워 있는 것을 보았다. 사실 부산의 고향 집 모습을 아직까지 꽤 상세히 기억하고 있던 나는 그곳에 있었던 소파와 방석, 장식장과 구형 브라운관 티브이 등이 어디에 어떤 모습을 하고 있었는지 등에 대해 더욱 생생히 복기하게 되었다. 그러다 한 사진 속에서 갓난 나의 모습과 나를 싸고 있던 포대기 이불을 보았다. 바둑이 이불. 우리 가족이 모두 오랜 시간 동안 그렇게 부르던 그것은 지금도 몇 번의 수리를 거쳐 지금까지도 내 곁에 있는 이불이었다. 그것은 아주 보들보들하고 꽤 얇은 편인 흰 순면 누비이불인데 정체를 알 수 없는 연두색의 동물 그림이 패턴 염색되어 있다. 그 그림이 어딘가 바둑이를 닮아선지, 점점이 바둑무늬처럼 새겨져 있어선지 이유는 모르겠지만 대충 그렇게 불려왔는데 지금도 그 귀여운 녹색 동물의 정체가 뭔지는 잘 모른다. 젖니가 갓났을 무렵, 여느 아기들이 그렇듯 잇몸이 가려워 그 이불의 솔기들을 어린 내가 조금씩 다 물어뜯어 놓았고, 어머니께서 그 이후 모서리들을 다시 박음질하셨고, 나는 박음질된 부분을 다시 물어뜯고는 거기 입을 비빌 때의 촉감을 좋아하곤 했다. 어린 시절 나의 포대기였던 그 이불은 지금도 부모님 계신 집에 남아서 내가 잘 때 쓰는 베개가 되어 진짜 늙은 바둑이처럼 나를 기다리고 있다. 추억해 보면 그것은 나의 명백한 애착 이불이었다.

라이너스

1950년대부터 2015년 극장판이 재출시되기까지 끊임없이 세계인의 사랑을 받아온 만화 〈피너츠(원제보다는 스누피, 혹은 찰리 브라운으로 더 많이 알려져 있다)〉를 모르는 사람은 드물 것이다. 거기에 등장하는 주요인물인 라이너스 반 펠트라는 소년은 어디든 늘 파란색 담요를 끌고 다니는데, 이런 만화 속 그의 행동은 심지어 '라이너스의 담요'라는 심리학 용어의 모태가 되었다. 주인공 찰리 브라운의 견공이자 실질적 주인공인 강아지 스누피는 이 소년의 담요를 간혹 뺏으려 하고 그런 장난을 즐기기도 한다. 라이너스는 침착 냉정하고 꽤 조숙한 성격임에도 간혹 그의 담요를 잃어버리면 정신적으로 매우 불안한 상태가 되어버린다. 어린아이에게서 주로 나타나고 성인이 되면서 자연히 사라지게 되는 이 사물과의 유착 상태는 주로 인형이나 이불과의 관계에서 일어나므로 이에 해당되는 대상을 애착 인형 혹은 애착 이불이라고 부른다. 유아기에 어머니 다음으로 가장 가까이 지내는 존재이자 포근한 사물이 주로 그 둘이므로 어찌 보면 당연한 현상일 것이다. 나는 그 이불을 초등학교에 갈 때까지 틈만 나면 함께했고 누나는 그런 나를 라이너스라고 불렀다. 나는 처음엔 그게 뭔지 몰랐다가 당시 그 만화를 처음 접하고는 '나와 똑같은 행동을 하는 사람이 또 있구나'라고 생각하며 그때 태어나 최초로 동질감이라는 걸 느꼈었다. 그 대상이 이불이었건 이불에 대한 나의 애착이었건 간에 그건 사물 혹은 대상에 대한 내 사랑의 시작점이었음은 분명한 일이다.

성인이 되어서도 이불이나 인형과 같은 대상과의

유착관계가 사라지지 않는 이가 있을 때 정신병리학에서 그를 '블랭킷 증후군'이라 명명한다. 나는 이런 말의 존재에 대해 약간 서글픈 의구심을 갖고 있다. 대상이 없이는 일상생활이 불가능할 수준이라면 반기를 들기 힘들겠지만, 내가 이해하기로 모든 사람은 어떤 대상과의 모종의 유착을 가지고 있고 대체로 버리지 못한 채 살아간다. 이는 결국 그 대상을 얼마나 빨리 혹은 쉽게 바꾸느냐에 따라 병증이 되기도 그렇지 않기도 하다는 의미가 될 터이다. 과연 무엇이 병증일까. 만일 어떤 사람이 오랜 세월 특정한 사물과의 애착을 끊지 못한 채 살고 있다면, 그만큼 대상에 대한 일관된 사랑이 크고 깊다는 의미도 될 터인데 그것이 왜 병명처럼 증후군으로 분류되어야 할까. 사람이든 사물이든 특정한 대상에 대한 애착에 관련한 것은 그게 어떤 것이건 쉽게 정신적 비정상으로 성급히 간주되어선 곤란할 것이다. 사물에 대한 관심이나 애착을 시간에 따라 유행처럼 바꾸는 대다수 사람들의 성향에 대해 아무도 어떤 질환이라 분류하진 않지만, 나는 관계에 대해 싫증을 쉽게 느끼는 것

이불

또한 전자의 경우보다 나을 것은 없다고 생각한다. 그런 적당한 건조함 따위를 정상이라 부르는 세상이라면 종교나 윤리 같은 건 사람에게 있어 거대한 병원체일 수도 있겠지. 한 대상에 대한 너무 큰 사랑이 타인에겐 상처, 사회적으론 폐해가 될 수도 있다는 사실만이 더 큰 상처로 남으면서 이불은 매일 성가신 추억처럼 개어질 터이다. 우리는 결국 스스로 아무것도 정의할 수 없고 서로 무엇이 정상인지조차 모르는 곳에서 다 함께 적당한 규격으로 건조해져 간다.

아직도 나는 그를 만난다. 오랜만에 옛집에 가면 태어난 우리를 육체적 엄마에게서 떨어진 분리불안으로부터 꽤 오래 지켜주다 어느덧 우리를 세상으로부터 정상이게 하고자 천천히 떠나보내던 그 사물의 어깨를 껴안는다. 그러곤 다시 어리고 걱정 없던 잠 속으로 들어가기도 한다. 이제 다 덮일 수 없을 만큼 길어지고 무거워진 라이너스가 작고 낡은 그를 둘둘 말아 품에 안는 몇몇 밤들이 내겐 아직 다행처럼 남아 있다.

베이스캠프

우리의 생각을 담당하는 것이 머리이고, 그 생각의 궤적이 개개의 영혼을 만들어가는 게 맞다면, 그리고 그 생각을 가장 많이 표현하는 얼굴 또한 머리에 있다면 그 머리 쪽에 대부분이 쏠려 있을 것이다. 그러나 몸과 머리의 구분이 불분명하고 그럴 의미도 없는 불완전한 영혼, 그런 모습으로 세상에 오는 아기의 몸을 오롯이 담던 포대기 이불을 생각해 보면 또한 베개와의 구분이 불분명하고 구분할 의미도 없을 것이다. 또한 밤의 베개가 영혼을 받치고 있다면 이후의 이불은 사람의 이승을 감싸고 있으니 우리는 누울 때마다 회귀하고 곧 다시 태어난다. 어머니는 너무 낡아 걸레처럼 너덜거리는 그 이불을 이제 그만 버리라고 여러 번 말씀하실 정도였으니 사실 그게 아직도 남아 있는 이유는 순전히 나 때문이었다. 나는 그 포대기 없이는 살 수 없을 정도로 증세가 심각하진 않았으니 내가 물신 자체로서 사물을 대하는 것은 아니라고 말할 순 있다. 또한 적어도 사물과 인칭의

이불

큰 차별을 두지 않는 내 생각 선에선 사물과 내가 서로 깃들던 긴 시간들이 그 낡음을 추억처럼 붙잡아놓고 있는 거라고 변명할 수도 있다.

알고 보면 단순명료한 이치가 하나 있는데, 나의 세상은 나와 함께 없어지겠지만 남아 있는 당신들의 세상은 지속될 것이므로 세상은 내게도 나보다 의미 있는 것이고 또한 그래야 옳다. 사물은 세상의 일부지만 나의 세상에만 속해 있는 게 아니어서 나만큼 혹은 나보다 의미 있는 것일 수도 있고 그 의미를 키워갈 수도 있을 것이기 때문이다. 나는 그러므로 죽은 후의 나보다는 내가 죽은 후의 세상이 더 궁금한데, 그곳에 내 삶을 덮어주고 받쳐주던 작은 천 조각 또한 얼마나 오래, 그리고 어디에 어떻게 남아 있을지는 모를 일이다. 그리고 그런 생각을 하면 무조건 헛되다기보다는 솔직히 재미있기도 하다. 당신이 기억할 나, 그리고 사물이 기억할 내가 저세상에서 만나면 서로가 어떻게 알아보고 웃을지 기대하면서 살아 있는 나의 머리는 오늘의 사물을 덮기도 하고 베기도 하고 껴안기도 하는 것이다.

우리는 대체로 이불 위에서 태어나 이불 아래서 떠난다. 또한 모두가 그렇게 되길 바란다는 점에서 이불은 사람이 태어나 처음 만나는 사물이자 마지막을 함께하는 대상이다. 즉 모든 사물의 시작점이자 인식의 전진기지이다. 문이 이승의 공간 구획을 나누는 사물이라면 이불은 저승과 이승의 시간 구획을 나누는 사물이다. 심지어 우리는 이것을 매일 약식으로 체험하고 있고 그래야 살 수 있으니 이불은 문보다 더 일찍부터 문이었다. 우리는 이 포근한 문 앞에서 어깨를 다잡고 문 뒤에서 모든 것을 풀어놓는다. 우리는 매일을 편안히 떠날 권리가 있으니 평안하고 따뜻한 이불 속에서 모두가 그렇게 되길 바란다. 뭐든 오랜 시간을 함께할 수 있다면 그것이 상대이든 대상이든 서로를 점점 닮게 될 테니, 어떤 사물이든 끝끝내 내가 먼저 보내지 못한 것들은 언젠가 먼저 떠나보낸 나를 기억할 수도 있겠지. 어쩌면 사람보다 훨씬 더 오래도록 말이다. 그곳에 의미나 가치는 없을 수 있어도 생명과 보람은 있을 수 있을지도 모르니, 이 또한 재미있는 일이다.

따뜻한 문

'이불 밖은 위험하다'는 말이 유행한 적이 있다. 사망사고를 제외하면 인간이 가장 안전사고를 많이 겪고 부상을 많이 당하는 곳은 의외로 현장도 실외도 아닌 집 안이라고 하니 유약한 우리들에게는 이제 안전지대도 없는 셈이다. 사람들은 애초 수면의 주체적 장소 이외엔 편안할 수 없는 운명이었는지도 모르겠지만 그만큼 이불은 인간에게 있어 처음이자 마지막 안식의 장소를 의미하는 사물이다. 이사를 하고 남대문시장에서 겨울 이불을 하나 사왔던 날, 창고를 정리하다 몹시 무겁고 두꺼운 옛 담요들이 나왔다. 아직도 이런 게 있었구나, 하고 그것들을 뒤늦게 꺼내보자 아름다운 공작새가 수놓인 목화솜 이불과 한때 '밍크이불'이라고 불리면서 어느 집에나 하나쯤은 있던 진분홍색 장미무늬 담요 같은 것들이 남아 있었다. 어머니가 결혼하실 때 혼수로 가져왔던 것들로 보였는데 옛날에는 할머니들이 직접 딴 목화솜을 틀고 수를 놓아 이불을 만들어 딸려 보냈다는 이야기가 떠올랐다. 우리는 모두 이불에서 왔고 이불에서 떠나게 될 것이라는 것을 그들은 진작 그 정성을 통해 말해주고 있었을 것이다. 군내와 각질 가득한 병실 담요 속에서 할머니와 할아버지가 어떻게 떠나는지를 보았고, 담요를 짜면서 그들은 아무도 그런 끝을 원치 않았으리라고 생각했다. 오래된 물건들 앞에서 나는 바둑이 이불의 추억을 다시금 떠올린다. 그러곤 우리 남매와 사촌들이 모두 어렸던 시절, 젊은 고모의 웃긴 얘기를 들으면서 큰 이불을 바다삼아 헤엄치듯 놀다 잠들던 기억, 어렸을 적 자신을 포함한 네 자매가 겨울 이불 꼭짓점 하나씩을 차지한 채 머리만 빼꼼 내밀고 아랫목에서 꼼짝도 않는 모습을 아버지가 찍어주신 사진이 있다는 지인의 이야기, 옥수수 술빵을 빚을 때 발효를 잘 되게 하기 위해 덮어둔 담요 속에 들어가 따뜻한 술빵 반죽 옆에서 잠들었다던 친구의 유년 이야기 등을 떠올린다. 따뜻함에 관련한 모든 이야기 곁에는 어떤 형태로든 어떤 방법으로든 이불이 있었다. 나는 이불 보관용 비닐 가방에 든 커다란 담요를 꺼내고 새로 산 겨울 이불을 집어넣고는 어린아이처럼 발을 넣어본다. 쉬이 전해지지도 않고 얼마 남지도 않은 우리의 따뜻함 속에서 이불은 매일 성가신 추억처럼 개어질 테지만, 스스로 아무것도 정의할 수 없고 서로 무엇이 정상인지조차 모르던 이곳에서 우리는 이불을 통해 최소 '따뜻함'이란 말의 온도와 그 기원 정도는 찾을 수 있기를, 그것은 우리가 어떻게 왔는지에 대한 따뜻한 대답이며 어떻게 떠나야 할지에 관한 포근한 여정일 것이다. 아직도 모든 인칭 위에 쌓인 겨울 속에서, 나는 그 문 이전의 문을 행복하게 펴고 감사히 덮어갈 것이다.

이불

신
발

현관의 방역차

어렸을 적, 집을 나갈 때와 들어올 때 현관에 머무
는 순간이 기다려지던 때가 있었다. 신발장 문을 열고
그곳의 냄새를 한껏 맡는 것을 좋아했기 때문이다. 그래
서 나는 내가 태어난 집에서 내가 행복하게 맡았던 신발
장 냄새를 아직도 기억한다. 그런 냄새를 좋아했다고 하
면 이상하게 여겨질지도 모르겠지만, 그 당시의 신발들
에서는 지금 신발에서는 약하거나 잘 나지 않는 특유의
냄새가 있었다. 아마도 가죽이나 합성섬유를 가공하던
약품의 냄새나 신발 밑창을 붙일 때 사용되었던 접착제
등의 냄새가 섞여서 나는 특유의 냄새가 아니었나 생각
한다. 그렇다고 그 냄새가 신발 가게나 구두 수선집에서

나는 냄새와 똑같은 것은 아니었다. 좀 더 정확하게 떠올려보자면, 그것은 옛날 마을 골목 구석구석을 누비며 온 동네를 하얀 연기와 매력적인 소음으로 가득 채우던 방역차의 소독약 냄새와 비슷했던 것 같다. 내게 신발장 냄새란 아이들이 호기심과 재미에 이끌려 졸졸 따라다니면서 코피가 다 나도록 맡고 다니던 그 약품의 것과 느낌도 추억도 정서도 흡사한 존재였달까. 아이들이 방역차 연기에 열광하던 이유는 아마도 그것이 뭔지 모르기 때문이면서 동시에 만져지지도 않지만 실체가 있는 신비로움이 더해 꽤 좋은 향기로 후각까지 자극하기 때문이었을 것이다. 내게 신발장은 그런 신비로운 장소였다. 그것은 우리 집에 있었으니 언제든 문만 열면 냄새를 통해 내 상상 속의 방역차를 만날 수 있었고 그 특별한 냉암소에 조용히 그리고 은밀히 숨겨져 있는 수많은 신발이 어린 마음을 초대해 놓았다.

글도 조리 있게 쓰지 못하고 구구단도 다 외우지 못하던 어린 시절의 내가 알 수 있는 세계는 얼마 되지 않았겠지만 지금 생각해도 사람이 사물을 바라볼 때 본능적으로 느끼는 차원으로서의 어떤 부분이 있었을 것이라 생각된다. 신발장에 신을 넣어둘 때, 보통 앞축을 먼저 집어넣기 때문에 문을 열면 제일 먼저 보이는 것은 신발의 뒤꿈치들이다. 그리고 뒤꿈치는 신발의 가장 먼저 닳는 부분이다. 나는 그때의 내가 부모님의 신발들과 누나의 신발들과 나의 신발과 누구의 것인지 모르는 어떤 신발들의 조용한 잠 앞에서 그 닳음들을 신기하게 멍하니 바라보았다. 어린 눈앞에서 신발이란, 좋아 보이는 가죽 구두부터 재래시장 나일론 슬리퍼까지 모두가 평등하게 흙을 밟았고 평등한 모습으로 닳아 있었다. 하나같이 몹시 건조하고 피로해 보이는 물건들이었다.

유치원생이던 나는 퇴근하지 않는 아빠를 기다리며 어두운 신발장 앞에서 시간을 보내기도 했다. 나도 내가 그때 무엇 때문에 그렇게 했는지 정확하게 기억나지는 않지만, 그 접착제 같은 향기를 맡으며 그 신발들이 무슨 일로 어디를 걸어다녔는지를 상상하는 습관이 있었고 그 시간이 매우 행복했다. 아빠를 기다리는 어린 나에게 최소한 그는 걸음 소리부터 왔고, 걸음 소리는 신발에서 왔으니, 아빠의 신발은 곧 당신이자 어린 나의 기다림이었을지도 모르겠다. 어쨌거나 어른의 입장에 봤을 때 아이들의 이해할 수 없는 행동들이 간혹 어른들을 당황케 하거나 우스운 생각을 들게 하듯, 그런 나의 행동 또한 마찬가지였을 것이다. 그런 모습을 본 엄마가 나의 행동을 이해할 수 있었을 리 없는데, 물론 이런 걸 굳이 설명하려는 것은 더욱 어렵고도 웃기는 일이었을 것이다.

사실 나는 지금도 그런 행위가 좋다. 이제 수십 년 전 그 집의 신발장 냄새는 맡을 수 없게 되었지만 신발을 비롯한 사물의 닳은 부분들을 보면서 그 연혁의 시간들을 상상하는 것은 늘 신비로운 일이다. 나와 당신의 모든 행로들이 기억 속에서, 혹은 사물 속에서 흔적을 남긴다는 것이 어떤 의미인지를 생각한다는 것은 늘 현재의 내 걸음을 조용히 다잡게 만들기도 한다. 낡은 신발들이 모인 곳에서 나는 사물화된 시간의 공감각을 겪었고 삼십여 년 전의 자세와 삼십 년 후의 높이로 조용히 신발장을 열어보았다. 현재의 신발장에는 그때의 방

역차 같은 냄새야 없었지만, 그때는 없었던 다른 생의
여정들이 그곳에 잠들어 있었다. 잠깐이나마 내가 발이
죽이 되도록 신은 군화의 경우가 가령 그랬다.

버릴 수 없는

　군 복무 시절, 나는 전투화 보급을 말년에 한 번밖에
받지 못했다. 당시 부대에 무슨 사정이 있었는지는 상세
히 기억나지 않는다. 어쨌거나 그래서 2년이 훨씬 넘는
거의 모든 군생활의 시간을 전투화 두 켤레로 버텼었다.
사실 말이 두 켤레지, 외박이나 휴가용으로 깨끗한 것이
필요하기 때문에 대부분의 시간을 엉망인 전투화 한 켤
레만 신었고 그런 걸 신고 혹한기 훈련을 두 번 나갔다.
대부분의 사람들이 잘 아는 사실이겠지만 신발은 늘 신
던 것이 더 편한 법이어서 상병 진급 때 닳다 못해 결국
옆이 살짝 찢어진 것을 병장 때까지 가볍게 수선만 해서
신어야 했다. 혹한기를 두 번째 가게 되었을 때, 나는 이

를 가벼이 여기고 추가보급을 신청하지도 여분 A급 전투화로 바꾸지도 않은 채 그 편안한 '폐급'을 다시 신고 나갔다. 그해는 눈이 많이 와서 산 두 봉우리와 언덕 한 봉우리를 넘으면서 쌓인 눈이 신발 안으로 걸을 때마다 다 들어왔고 어떻게든 목표지점에 도착한 후에도, 젖은 신발은 숙영 비트 속에서 다시 얼어 곤혹을 치렀다. 발을 보호하기 위해 알고 있는 온갖 꼼수를 다 썼고 당시 부대원들에게 나눠준 핫팩을 몸이 아니라 신발을 녹이는 데 사용해야 했다. 원대 복귀한 후 그 전투화는 두 배로 더 찢어져 있었고 뒷굽을 고정하기 위해 박혀 있는 여러 황동 침이 하나씩 빠지다 결국 뒤축이 통째 달아났다. 훈련 도중에 빠지지 않은 것만 해도 하늘의 도우심이라고 생각했다.

　나는 인생에 다시는 없을 이 갈리는 훈련을 두 번 함께하면서 어찌 됐든 내 발을 동상으로부터 막아준 그 전투화를 도무지 버리기가 힘들었다. 이미 17년이나 지난 일이지만 그때의 나도 지금과 같은 식의 사고를 가졌던 것 같다. 그 전투화의 닳아빠진 몰골은 나의 추억과 기록, 그 자체였을 것이다. 전역할 때 후임들이 내 짐 싸는 걸 도와줬는데, 전역복은 매우 깨끗한 것을 입으면서 굳이 엄청나게 더러운 그 전투화를 갖고 나가겠다는 나를 보며 떨떠름해했던 것을 기억한다. '쓸 수 없음'과 더러움의 속성보다는 그 시간성과 닳음의 가치에 더 무게를 두었고 그래서 그 신발은 아직도 지금의 신발장 속에 있다. 그것은 한때 치열한 신발이었고, 나와 끊임없이 더 가까운 존재로서 닳아오고 다가오던 무늬로서의 시간 안에 있다.

'닳다'의 기원

사람이 사물을 대할 때는 사용할 때와 사랑할 때 두 가지로 나뉜다. 사물이 사람을 사랑할진 모르지만 그렇게 여길 수도 있고 사랑받을 수는 있으니 피조물로서의 사물과 사람은 생각보다 대등한 위치에 있다. 그러므로 둘은 따로 갈 수도 있고 함께 갈 수도 있는데, 그 함께 가

신발

는 시간 속에서 양자 모두 피해 갈 수 없는 진실이 있으니 그것을 '닳음'이라 부른다. 이는 마치 자유와도 같은 의미여서 사람과 사람, 사람과 사물, 사물과 사물이 함께하는 모든 시작점에서부터 우리를 기다리고 있다. 서로가 서로에게 작용할 때, 혹은 사랑할 때 우리는 진행형으로 닳아간다. 오랜 기간 사용해서 닳고 닳으며 손에 익은 물건이 새것보다 편하듯이, 우리는 의미를 공유한 서로에게 조금씩 자유의 의미로서 가까워져 간다. 자유는 이룩될 수 없으면서 동시에 의지와 진행이 전제되어야 성립하는 개념이듯이 말이다. 너에게 닳은 나와 나에게 닳은 네가 하나에 가까운 퍼즐이 되어가듯, 대상에게든 인칭에게든 그것은 흉내낼 수도 없고 재생산될 수도 없는 고귀한 가치를 만드는 작업이자 그 흔적이다. 사람이 죽어서 먼지로 되돌아가듯이 사물 또한 닳아서 먼지가 되므로 서로에게 닳는다는 의미는 되돌아가는 어떤 자유로서 가시화될 것이다.

우리는 누구와든 무엇과든 늘 함께 '가고' 있고 그 가기 위한 걸음 속에서 나와 너의, 혹은 나와 대상의 마모를 확인하고 있다. 닳는다는 말은 우리의 두 발 끝에 깃들어 있는 것. 우리는 우리의 앞축과 뒤축처럼 닳고 있으니, 자신이 딛고 서 있는 세상과의 사이를 맞춰가는 의지적 행위로서 걷고 있다. 간다는 것은 오랜 세월 동안 우리에게 수많은 은유가 되어왔다. 사람에게 '사는 것'과 '가는 것'은 분리할 수 없는 일이고, 유한성에 있어 죽어가는 것이고 시간성에 있어 저물어가는 것이니, 사물의 입장에서 그것은 닳아가는 것이다. 우리의 걸음은 그 닳음을 실천하고 있는데 그 고귀한 자유의 기록을 끊임없이 만들어가는, 혹은 보여주는 사물을, 우리는 신는다.

'가다'의 사물

천안 아라리오 갤러리의 스몰시티 조각광장에 가보면 상설 전시되어 있는 거대한 조각품 몇 점을 볼 수 있다. 그중 높고 거대해 가장 쉽게 눈에 띄는 작품 하나가 있다. 〈수백 만 마일〉이라는 이름의 거대한 조각은 언뜻

신발

보기에 미술작품이라기보다는 거대한 철탑 구조물 같다. 이는 프랑스 작가 아르망 피에르 페르난데스가 1989년에 만든 것으로 그의 신사실주의 조각의 대표작 중 하나로 꼽힌다. 작품을 자세히 보면 꽤 재미있는 사실을 알 수 있는데, 낡은 폐트럭들의 액슬(axle, 차축) 999개를 모아 100단으로 쌓아올려 하나의 조각작품을 만들어 놓았다는 것이다. 당연한 말이겠지만 이것은 이미 단순한 고철덩이에 불과할 수 없다. 게다가 예술작품으로서의 새로운 형상화를 통해 아무도 그렇게 보지 않을 형태로 만들어놓았다. 실제 어마어마한 거리를 운행했을 차량의 녹슨 차축들이 갖는 의미는 새로 제작한 차축과는 전혀 다른 의미를 갖고 있고 이는 결국 사물에 대한 연혁에 있다는 것을 작가는 보여주고 있다. 끊임없이 어딘가로 가던 시간, 그 과거를 이동과 거리로서 가시화하는 사물의 경험, 녹슨 수백 개의 차축들은 그 치열한 기록들을 자신의 '닳음'을 통해 여과 없이 보여준다. 사람이든 사물이든 그의 삶에 있어 이동은 시간의 무늬이자 기록이다. 우리의 삶은 이동이며 이동의 기록을 삶이라고 부를 수도 있을 것이다. 그것이 생각의 이동과 관련하건 육체의 이동과 관련하건 모두 우리의 발걸음에 수렴되는 것은 매한가지이기 때문이다. 사람에게는 발에 해당하는 부분인 차축, 차의 발들이 잔뜩 모여 있는 그곳은 삶을 움직임과 거리의 가치로 환산한 아득한 해석이자 여정의 묘지인 것이다. 보여줄 수는 없지만 드러나기는 하는 시간에 대하여, 거리나 여정이라는 개념은 시간의 의미에서 자유로울 수 없으니, 닳음은 삶의 거리에 대하여 가장 잘 표현해 준다. 우리에게 신발이라는 것은 그런 의미의 차원에 있다. 그것은 우리 대신 닳는 모습이자 우리가 닳는 모습으로 존재하는 사물이다.

여정의 무덤에서

　　엄마가 내 겨울 구두를 들어 보이신다. 이거 이제 좀 버려라. 학위를 하면서 얼마나 닳았는지도 모른 채 발등에 눈 한번 마주치지 않고 신고 나가던 구두가 터무니 없게 너덜거리는 것을 본다. 나는 그동안 신발이 아니라 내 추억들을 방치했을 것이다. 나는 끝까지 조금만더 신겠다고 우기면서 오랜만에 열린 신발장을 본다. 그때의 신발장도 이렇게 컸던가. 나는 성묘의 심정으로 군화를 본다. 오랜만에 연 신발장에서 삼십여 년 전 방역차의 엔진 소리가 들린다. 아빠 신발의 뒤축을 구경하고, 소독차 냄새에 코피를 흘리며 재미있어 하던 그 아이가 입대하던 날은 비가 왔었지. 우리는 그 때문에 생각보다 더 슬픈 입소식을 하게 되었었다. 당시 훈련소에선 신병들에게 모두 구형 판초우의를 입히고 모두 일제히 신교대로 뛰어가게 하는 바람에 입소자 가족들은누가 자기 아들이고 오빠이고 동생인지를 보지도 못한채 이별을 해야 했다. 나는 당시 내 뒤통수에 들려오던어머니의 울음소리를 내 전투화를 통해 지금도 듣는다. 생각해 보면 이것은 바로 그날 논산에서 지급받은 것이다. 또렷한 기억이란 건 때로 시간의 약이 잘 듣지 않는과거를 구축해 놓기도 한다. 그럴 때 우리는 속절없이, 다만 애잔한 시간들까지 평안히 잠든 신발처럼 찬찬히 닳아가는 것만을 지켜보면서 과거의 긴 밤이 지나가길 기다릴 따름이다.

내가 세상 위에서 어떻게 닳아왔는지, 그리고 닳아가고 있는지, 그리고 당신들이 그들과 나를 위해 어떻게 닳아왔는지를 볼 수도 있고 맡을 수도 있는 여정의 가족묘 앞에서 나는 음복의 심정으로 뒤꿈치를 넣는다. 앞으로도 나는 좀 더 행복하게 닳을 것이고 서로에게 여정은 더 아름다운 무늬로 남을 것이다. 사물은 늘 옳고 그럴 자격도 있으니까. 각자의 시간을 받쳐온 사물들을 위해서, 우리의 인칭들은 좀 더 의미 있는 걸음을 옮겨갈 것이다.

신발

상자

태반

정확히 몇 살 때였는지까지는 기억나지 않지만 초등학교 저학년쯤까지 내가 좋아하던 행동이 있었다. 어쩌다 집에 커다란 상자가 생기면 안쪽을 깨끗이 털어낸 후 거기에 이불이나 베개를 가지고 들어가 쪼그려앉아 있던 적도 있었고, 이후 보통의 박스에는 몸이 들어가지 않을 무렵엔 냉장고를 포장했던 커다란 박스를 구해 나만의 별장을 만들기도 했다. 두껍고 단단한 골판지 박스는 소재와 구조의 특성상 촉감이 포근하고 단열성이 뛰어난 데다, 연약하고 기술이 없는 아이들이 커터 칼이나 가위 같은 단순한 도구로도 마음대로 가공할 수 있는 특성이 있어 당시 내겐 완벽한 건축 자재였다. 나는 두꺼

상자

운 유리테이프로 박스를 간단히 보강한 다음 한쪽 면에다 사람이 드나들 수 있는 최소한의 크기로 여닫이문을 내었다. 그리고 그것을 둘러메고 아파트 옥상으로 올라가 마음에 드는 위치에 가져다놓고 거기 자주 들어가서 놀곤 했다. 당시 내가 살았던 아파트는 특별한 일이 없는 한 출입문을 잠그는 일이 없었고, 아무것도 없는 텅 빈 공간이라 딱히 아무도 올라갈 일이 없었을 뿐 그곳은 주민들 누구나 올라갈 수 있는 열린 공간이었다. 그래서 아이들이 주차장의 위험성을 피해 술래잡기를 하러 올라가는 일도 있었고 가끔 순찰하러 올라온 경비 아저씨와 조우해도 그냥 '그런가 보다' 하는 분위기였기에 그런 행동이 아무런 문제가 되지 않던 시절이었다. 나는 내가 가장 아끼는 이불과 베개 하나, 그리고 좋아하는 책을 들고 올라가 그곳에 들어가 누워 있기도 하고 멀쩡한 우리 집을 두고도 일부러 거기 올라가서 책을 보기도 하고 밤하늘을 한참 구경하다 너무 늦었다 싶으면 슬금슬금 내려가기도 했다. 칠흑같이 어둡고 이상하리만치 포근하던 그곳. 상자 속에서 암순응한 내 눈과 그 눈앞에 옥상 바닥보다 훨씬 밝게 펼쳐지던 밤하늘의 기묘한 풍경을, 나는 아직도 기억한다.

예전엔 아이들이 아빠나 엄마가 돌아오기 전 집에서 혼자 옷장이나 장롱 속에 들어가 놀다가 잠이 들면, 그로 인해 아이가 실종된 것으로 착각하여 부모가 경찰에 신고하는 등 온 집안이 뒤집어지는 사건으로 번지는 경우가 많았다. 내 주변에서도 그랬고 사람들과 옛날이야기를 하다보면 그런 경험을 해보지 않은 사람이 드물만큼 의외로 흔한 일이었다는 것을 쉽게 알 수 있다. 요즘 그런 일에 대해 별 소식이 없는 걸 보면 아이들이 들어갈 만한 장롱이 대부분 없어지고 있기 때문일 것과, 이제는 아이들이 혼자 집에서 놀 만큼 행복하고 한가로운 유년을 보내지 못하기 때문일 것이라고 조심스레 짐작해 본다. 어쨌거나 아이들의 그런 행동에 대한 논의는 역사가 꽤 오래되었다. 가령 모태에 대한 회귀본능이 오랜 기간 동안 남아 있기 때문이라는 견해나 분리불안에 대한 일종의 행동표출로 본다는 정신분석학적

상자

인 해석은 이미 잘 알려져 있는 것이다. 사실 이런 학문적인 해석을 통해 우리의 성장 속 자연스러운 행동을 지적인 방식으로 변호받기 이전까지, 이는 개인의 유년 기억에서 대체로 가장 우습고 기이한 경험 중 하나로 남아있는 경우가 많았다. 하지만 나는 거기에서 한 발 더 나가 아예 집 밖에서까지 종이로 된 자궁, 혹은 태반을 만들어서 들어가 있기까지 했으니 정신분석에 대해 공부한 이후로도 내 유년의 기이함은 가시지 않는 것 같다. 최소한 어린 나에게는 어둠이란 무서움이 아니라 포근함 쪽에 있는 것이었고 의외로 많은 아이가 맑은 대낮보다 어둠에 훨씬 더 익숙해 있다는 사실을 알았을 때, 태어나 이 힘겨운 이승에서 공포도 안식도 결국 학습되는 것일 뿐임을, 냉장고 박스 속에서 어렴풋이 알게 된 건지도 모르겠다. 내가 그런 놀이를 어떤 마음으로 그만두게 되었는지 정확히 기억나지는 않는다. 그 냉장고 상자를 어떻게 버렸는지에 대해서도 마찬가지다. 다만 내가 그 놀이를 그만두기로 마음먹었을 때, 나는 본능적으로 이제는 여기서 나가야겠다는 생각을 했었다는 것과, 내가 만든 문을 찢고 나온 것 두 가지만 기억할 뿐. 나는 이미 '나'이고 종이는 태반이 아니라는 것을 깨닫는 것이 꼭 이승이 가진 슬픔만은 아니라는 걸 배운 한 유년이 있었다. 그리운 내 옥상 별장, 종이 태반에서 한번 더 태어난 저학년의 나는 이불을 안고 거기서 내려왔다. 아무 일 없이 숙제를 했고, 아무에게도 혼나지 않았고, 그렇게 영원히 포근하고 눈부신 밤만이 내게 은밀한 추억으로 남게 되었다.

님프

　우리가 태반에 싸인 채 이 세상에 도착하듯이, 사물은 대개 상자에 담긴 채 도착한다. 그것은 상자 밖에서 만들어지지만 한번은 상자에 들어갔다가 본격적으로 다시 세상에 나오게 된다. 물론 상자 밖으로 영영 나오지 못하는 사물들도 있다는 점에서 사물과 인간은 모두 씁쓸한 출발선을 가졌고, 우리는 죽어 다시 한 번 상자 속으로 들어가므로 상자는 모든 시작과 끝에 위치한 사물에 가깝다.

언젠가 껍질 속에서 아직 우화하지 않은 매미가 나무에 붙어 있는 것을 본 적이 있는데, 희귀하게도 다음 날 다시 와 봐도 우화하지 못하고 그 자리에 있었다. 등은 예정대로 세로로 터져 있었지만, 아마도 껍질 속에서 날개를 꺼내지 못하고 그대로 죽은 모양이었다. 나는 매미를 좋아하고 굼벵이도 좋아하지만 그 중간 상태인 건 왠지 무서웠다. 그때의 느낌을 좀 노골적으로 표현해 보자면 약간 혐오감에 가까운 공포랄까. 그때 나의 그 거부감은 몹시 이중적이고 본능적인 것이라는 생각이 들었다. '끝내 태어나지 못한 자'라는 중간자적 존재에 대한 우리의 거부감을 다룬 콘텐츠가 많은 건 이상한 일이 아니다. 태아의 유령이란 소재를 담은 과거의 드라마 〈M〉이 그랬고 '좌부동자'라는 요괴의 기원도 그렇다. 흰개미라는 기묘한 곤충에게는 '님프(Nymph)'라는 예쁜 이름을 한 과정이 존재하는데 우리말로는 '약충' 정도로 번역된다. 완전한 성충도 아니고 그렇다고 번데기도 아닌 상태를 말하는데 어느 것이건 이상하기는 마찬가지다. 내가 냉장고 박스 속에 누워 있던 때도 누군가에게 그러했을까. 껍질 속 매미는 내게 불량한 대상이자, 좋은 상자였다.

태어나지 못하고 떠난 자들과 날개를 펴지 못하고 떠난 자들, 우리는 어떻게든 그 모두를 대개 같은 마음으로 슬퍼할 테지만 태어나지 못한 사물만큼은 우리가 불량이라고 쉽게 부를 수 있다는 점에서 사물이 인간보다 좀 더 슬펐고, 그 편이 아직은 다행이라고 생각했다. 나는 우리 인간이 사물이나 동물이 아니기 위해 몸부림치는 그 중간쯤에 위치하는 사물이나 동물이라는 생각이 들었고, 또한 그러한 노력이 진행형인 때만을 인간이라고 부를 수 있으니 '인간'은 명사형보다는 동사형에 가깝다고 생각했다. 마치 자유라는 개념이 완전히 자유로운 불가능한 상태를 뜻하는 것이 아니라 자유를 위해 투쟁하는 상태 그 자체의 의미에 가까운 것처럼. 알 속의 새는 아직 온전한 새가 아니고, 상자 속의 냉장고는 아직 온전한 냉장고가 아니듯, 우리가 정신의 태반 속에

상자

정지해 있는 동안은 아직 온전한 인간이 아닐 것. 헤르만 헤세의 껍질을 깨고 날아오르는 새 이야기는 다른 게 아니라 우리가 끊임없이 어떤 진행형의 의지를 가질 때 비로소 고귀해진다는 의미일 테지. 나는 가령 인간이 비록 온전한 인간으로서 거듭날 수 없다 하더라도 누군가에게 대상이 되거나 그 대상을 오롯이 담는 상자가 되거나 둘 중 하나를 택할 순 있다고 생각했고, 그것을 택하는 과정으로서의 동사적 개념이 곧 인간이라는 생각을 했다. 그런 면에서 상자는 우리의 의미를 담는 껍질이고, 동사적 개념으로 존재하는 '님프'의 집이다.

한 지인이 "그동안 사랑받기 위해 노력해 왔지만 나는 상처만 받았다."는 취지의 얘기를 했을 때 나는 "그럼 이젠 사랑을 주기 위해 노력해 보라."고 얘기했고 그는 떨떠름해했다. 나는 뭔가를 받을 때 내가 그걸 담을 수 있는 상자일 순 있겠지만 남에게 주려면 '나'라는 상자를 상대에게 숨김없이 보여줘야 하니, 어쩌면 우리는 그때야말로 인간답게 존재할 수 있는 게 아닐까. 나는 그

때 그런 복잡한 얘기를 하지는 못했지만 그런 복잡한 생각을 갖고는 있었다. 인간은 아직도 사랑이라는 단어의 의미를 해석하지 못했으니 우리는 우리라는 상자 속에서 영원히 님프의 형태로 남게 될까. 나 또한 명료한 개념으로서의 사랑이 무엇인지 알 리 없으니 내가 그 지인에게 해준 내 조언은 몹시도 무책임한 말이었을 것이다.

나는 나라는 보잘것없는 상자에 무엇을 어떻게 담아야 할지, 그것을 어떤 방식으로 당신에게 보여줄지도 아직 잘 모른다. 내가 사랑하던 시간에 있던 것들과, 내가 사랑하는 사람의 것들과, 내가 사랑했던 것들에는 애초 구분할 수 있는 차원도 순위도 없는지 모를 일이지만 그것들을 온전히 담아낼 내 꿈과 의지는 늘 진행형이기를. 나는 타자이건 대상이건 한때 내가 따뜻하게 담겼던 모든 상자들에 대하여 내가 어떤 따뜻한 방식의 담아내기를 끊임없이 고민해 왔으니, 이런 나의 글은 그 고민에 대한 어떤 보잘것없는 결과 중 하나는 될 것으로 믿는다.

이사

　돌이켜보면 이사를 참 많이 하면서 살았다. 세상에
는 아무리 많이 해도 새롭고 적응되지 않는 일이 많이
있을 텐데, 내겐 이사가 그렇다. 이사는 떠나가는 일이
고 모든 떠나감은 떠나오는 일이기도 하다. 내가 그동
안 떠나온 곳들은 나를 기억하지 않더라도 나는 내가 떠
나온 곳들을 수없이 기억하기 위해 노력한다. 나의 시는
나를 사랑하지 않아도 나는 내 시를 사랑할 수밖에 없
는 것처럼, 그런 게 대상에 대한 나의 사랑이라면 사랑
이겠지. 내가 언젠가 기억들을 잘 담은 상자가 된다면,
그곳들이 한번쯤은 어떤 진행형으로서의 나를 기억할
수도 있겠지. 이삿짐을 싸고 풀기를 반복하면서 우리가
그동안 싣고 내리길 반복했던 것은 그저 사물이 아니라
그 사물들이 이루어온 우리의 수많은 의미와, 다시 상자
를 타고 떠난 우리의 이전과, 또한 슬프지만은 않을 삶
을 낳아낸 지금의 우리임을 알아가는 것. 그것들이 모여
개개의 나를 만들고 또한 그것들의 손으로 나를 지워갈

것. 결국 그것은 나를 오롯이 담는 과정에 있는 것. 또한 이런 소소한 가치들을 주변에 속삭여주는 것. 그런 게 사람에 대한 내 사랑의 방식이라면 방식이겠지. 이것들은 수많은 나의 상자들이 내게 가르쳐준 것들이다.

냉장고 박스가 유년의 나를 잠시 담아주었듯 우리가 하나의 상자로서 세상을 담아갈 때, 사물은 의미를 넘어 선물처럼 새로운 우리로 태어나줄 수도 있을 것. 그러므로 나는 사물이 나에게 준 것들을 온전히 담아내기 위해 하나의 사물처럼 노력했던 인간이었기를. 또한 그것이 우리 모두에게 대상과 사물들을 통한 새롭고 행복한 의미를 찾는 작업으로서 끊임없는 떠나옴의 행적이 되기를.

상자

류 성 훈 산 문 집
The Things

사 물 들 – 사물에 관한 산문시